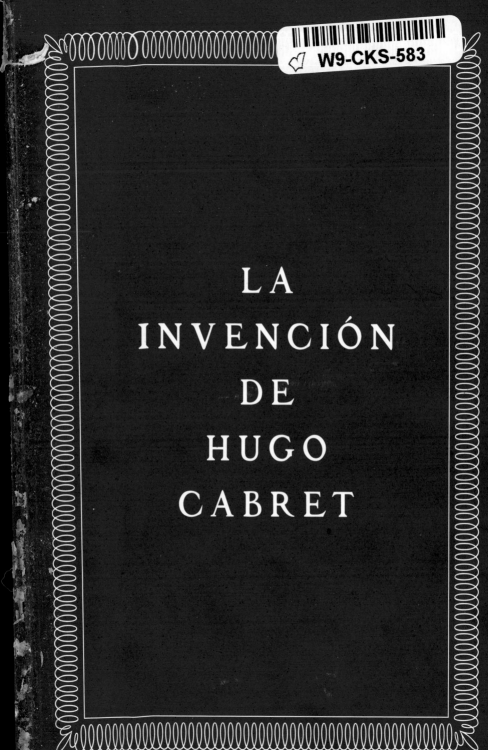

LA
INVENCIÓN
DE
HUGO
CABRET

LA INVENCIÓN DE HUGO CABRET

*Una novela narrada con palabras
e ilustraciones de Brian Selznick*

Traducido por Xohana Bastida

www.lainvenciondehugocabret.es

Dirección editorial: Elsa Aguiar

Coordinación editorial: Gabriel Brandariz

Diseño de cubierta: Brian Selznick y David Saylor

Traducción: Xohana Bastida

Título original: *The invention of Hugo Cabret*

Publicado por acuerdo con Scholastic Inc., 557 Broadway,
New York, NY 10012, USA

Este libro fue negociado a través de la agencia literaria Ute Körner, S.L.,
Barcelona
www.uklitag.com

© Brian Selznick, 2007
© Ediciones SM, 2007
Impresores, 15
Urbanización Prado del Espino
28660 Boadilla del Monte (Madrid)
www.grupo-sm.com

ATENCIÓN AL CLIENTE
Tel.: 902 12 13 23
Fax: 902 24 12 22
e-mail: clientes@grupo-sm.com

ISBN: 978-84-675-2044-6
Depósito legal: M. 35.818-2007
Impreso en España / *Printed in Spain*
Gráficas Muriel, S.A. - C/ Buhigas, s/n - Getafe (Madrid)

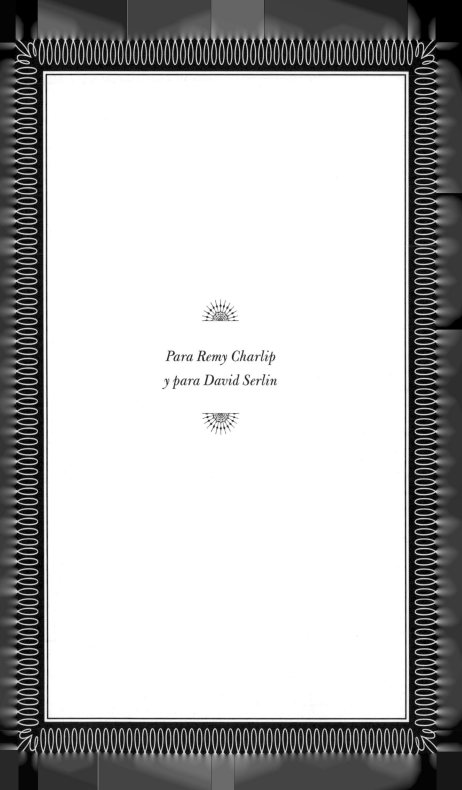

Para Remy Charlip
y para David Serlin

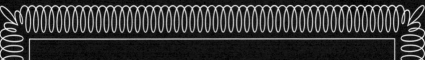

ÍNDICE

BREVE INTRODUCCIÓN

La historia que voy a compartir con ustedes tiene lugar en 1931, bajo los tejados de París. Aquí podrán encontrar a un niño llamado Hugo Cabret que, en cierta ocasión, descubrió un misterioso dibujo que habría de cambiar su vida para siempre.

Pero antes de pasar esta página, imagínense que están a oscuras, como si fuera a empezar una película. Cuando el sol del amanecer aparezca en la pantalla, la cámara les llevará en un zoom vertiginoso hasta una estación de tren en el corazón de la ciudad. Franquearán la puerta a toda velocidad, se internarán en un enorme vestíbulo atestado de gente y no tardarán mucho en distinguir a un niño en medio de la multitud. El niño comenzará a avanzar por la estación. Síganle, porque ese es Hugo Cabret. Hugo tiene la cabeza llena de secretos, y su historia está a punto de comenzar.

Profesor H. Alcofrisbas

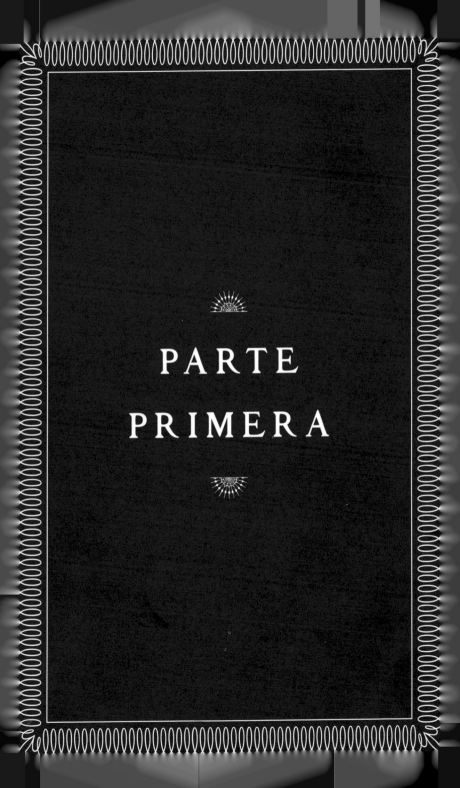

PARTE PRIMERA

1

El ladrón

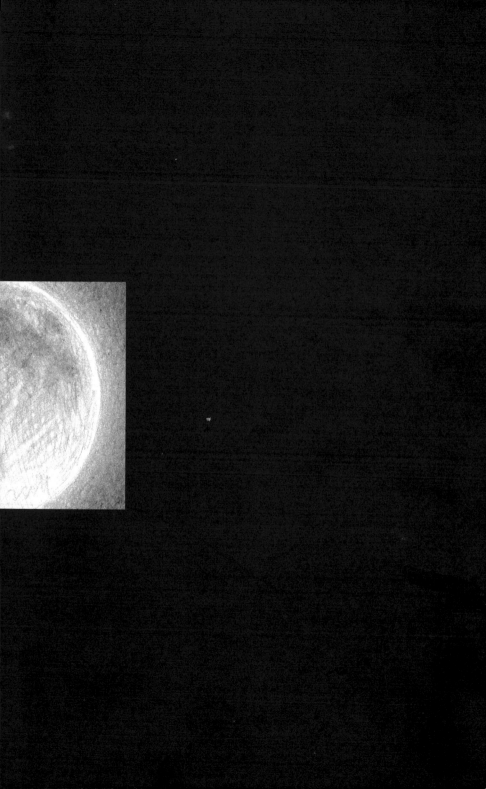

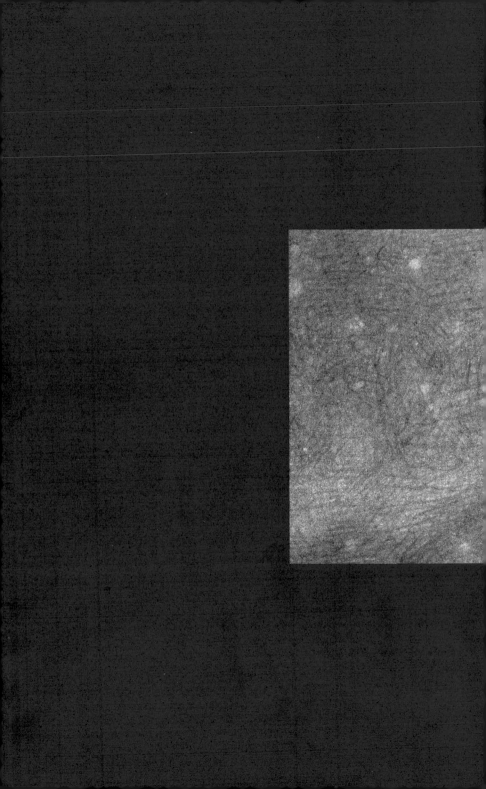

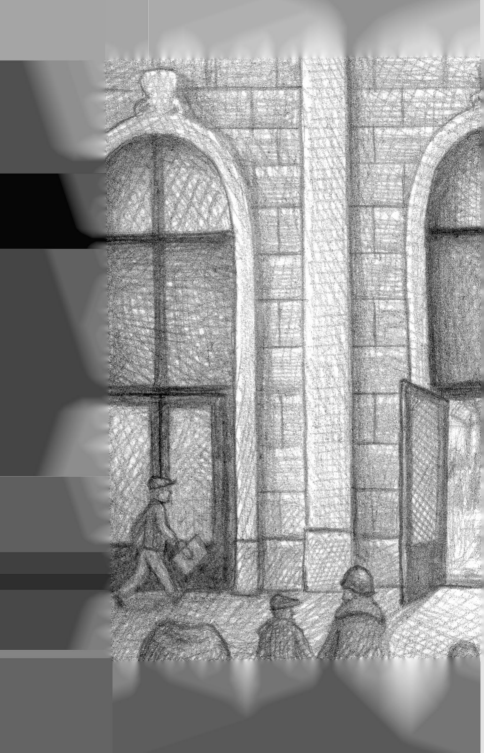

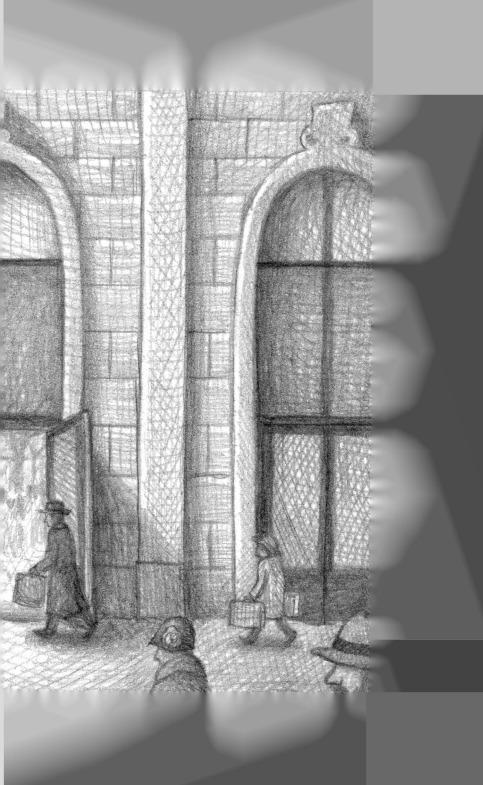

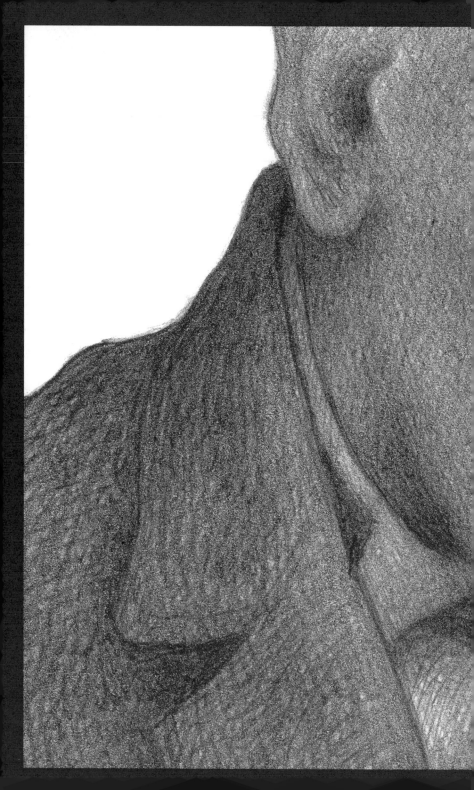

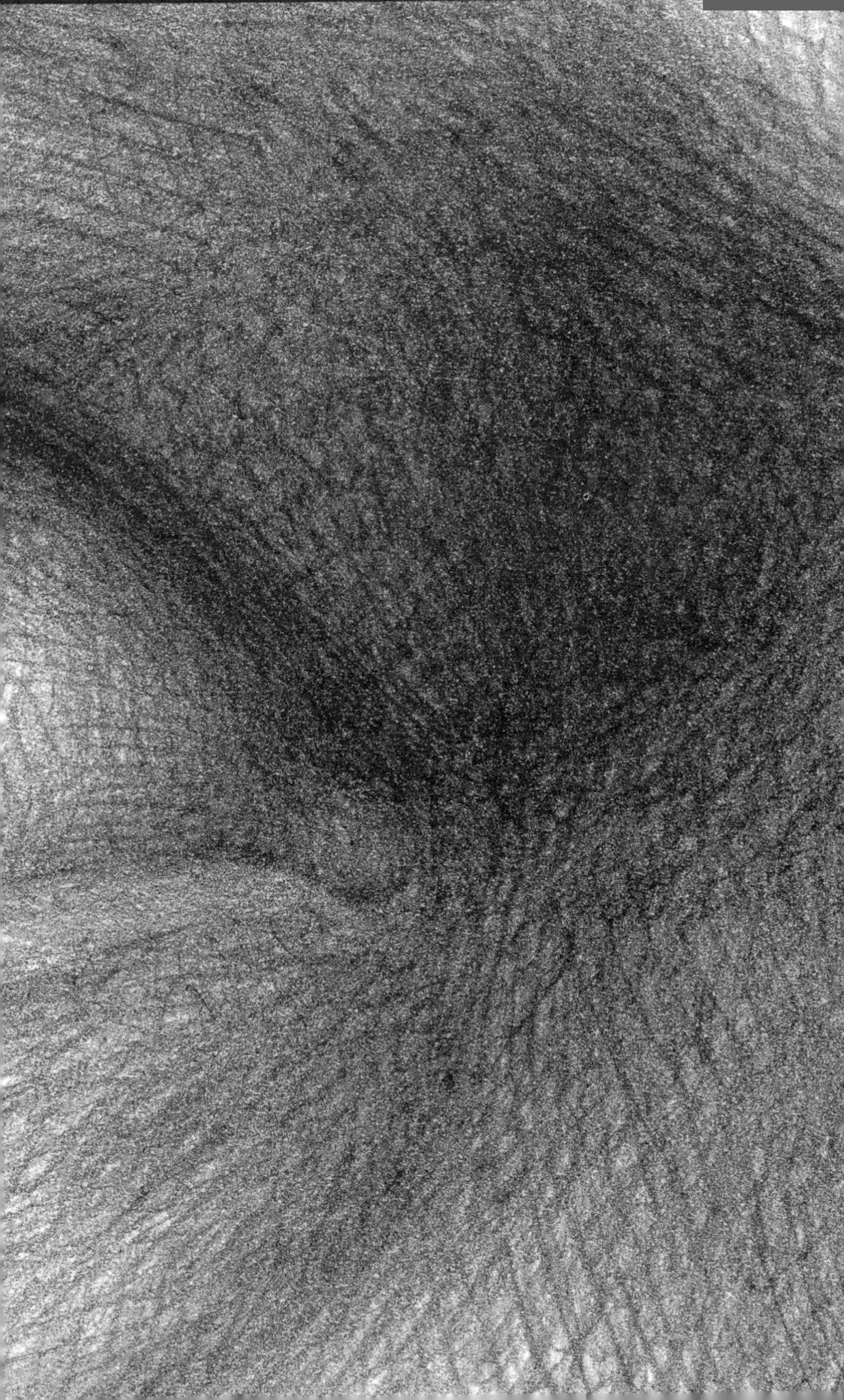

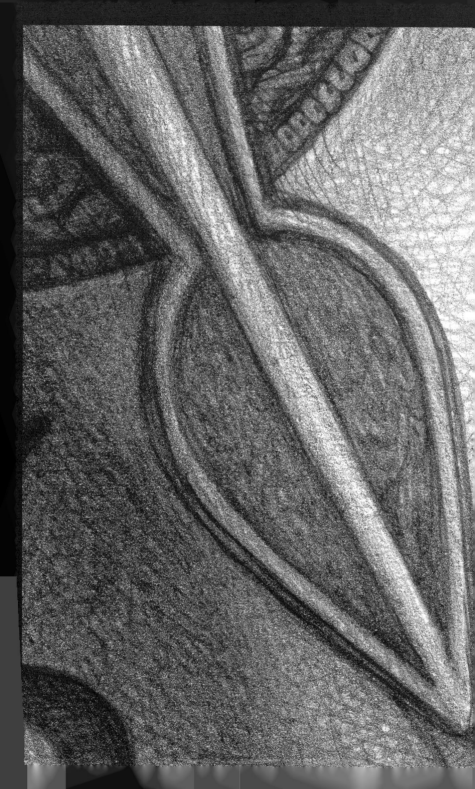

DESDE SU POSICIÓN PRIVILEGIADA tras el reloj, Hugo podía observarlo todo. Manoseó inconscientemente el pequeño cuaderno que llevaba en el bolsillo y se dijo que debía tener paciencia.

El viejo de la tienda de juguetes estaba discutiendo con una niña que tenía más o menos la edad de Hugo. A menudo la veía recalar en la tienda con un libro bajo el brazo y desaparecer tras el mostrador.

El viejo parecía nervioso aquel día. ¿Se habría dado cuenta de la desaparición de los juguetes? Aunque así fuera, Hugo no podía hacer nada para remediarlo.

Si robaba juguetes era porque le hacían falta.

El viejo juguetero y la niña discutieron un poco más, y por fin ella cerró el libro y se fue corriendo.

Afortunadamente, el viejo tardó poco en cruzar los brazos y cerrar los ojos.

Hugo se escabulló por los pasadizos que recorrían el interior de las paredes, salió por una rejilla de ventilación y cruzó a toda prisa el vestíbulo de la estación hasta llegar a la juguetería. Manoseó su cuaderno por última vez y luego extendió la mano cautelosamente hasta agarrar el juguete de cuerda que necesitaba.

Pero de pronto algo se movió al otro lado del mostrador, y el viejo dormido volvió a la vida de improviso. Antes de que Hugo pudiera escapar, el juguetero le cogió de un brazo.

El ratoncito azul de cuerda que Hugo había cogido cayó al mostrador, resbaló hasta el borde y aterrizó en el suelo con un chasquido.

–¡Al ladrón! ¡Al ladrón! –gritó el viejo, y su voz resonó por el vestíbulo vacío–. ¡Que alguien llame al inspector de la estación!

La mención del inspector aterrorizó a Hugo. Se retorció intentando escapar, pero el viejo lo tenía bien agarrado por el brazo y no le dejó ir.

–¡Al fin te pillé! Y ahora, vacíate los bolsillos.

Hugo gruñó como un perro. Estaba furioso consigo mismo por haberse dejado atrapar.

El viejo le tiraba del brazo con tanta fuerza que Hugo tuvo que ponerse de puntillas.

–¡Me está haciendo daño!

–¡Vacíate los bolsillos!

Hugo fue sacando, de mala gana, docenas de objetos: tornillos, clavos, trocitos de metal, engranajes, arrugadas cartas de baraja, pequeñas piezas de relojes, ruedas dentadas, arandelas… También sacó una caja de cerillas aplastada y algunos cabos de vela.

–Te falta un bolsillo –dijo el viejo.

–Está vacío.

–Pues dale la vuelta.

–No contiene nada suyo. Déjeme marchar.

–¿Dónde está el inspector de la estación? –berreó el viejo volviéndose hacia el vestíbulo–. ¿Por qué nunca está a mano cuando hace falta?

Hugo sabía que si el verde uniforme del inspector de la estación aparecía al otro lado del vestíbulo, todo habría terminado. Se debatió en un último intento de soltarse, pero era inútil. Al fin se resignó, metió una mano temblorosa en el bolsillo que quedaba y sacó su ajado cuaderno de cartulina. Tenía las tapas relucientes de tanto manosearlas.

Sin soltar el brazo del niño, el juguetero le arrebató el cuaderno, lo colocó fuera de su alcance, lo abrió y hojeó sus páginas. Una de ellas le llamó la atención.

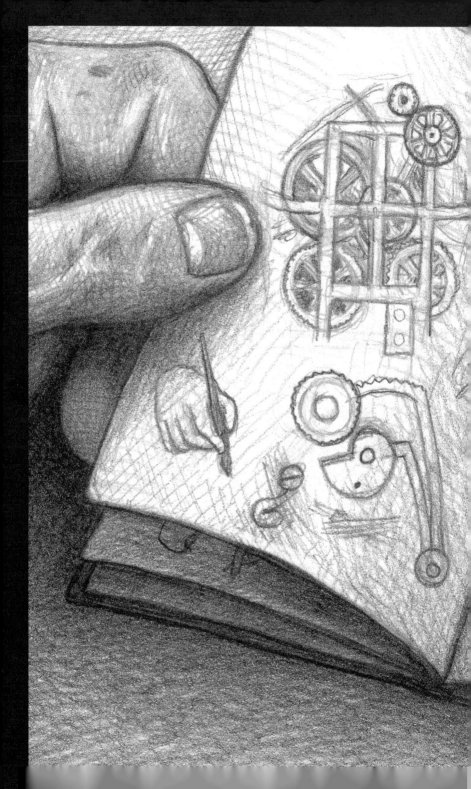

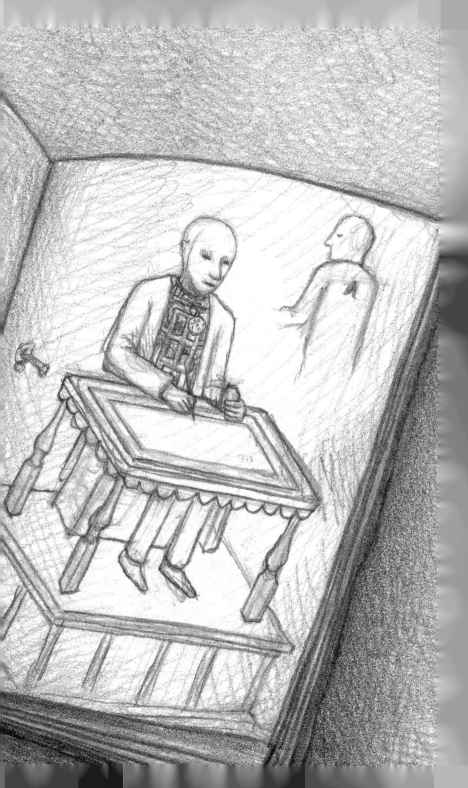

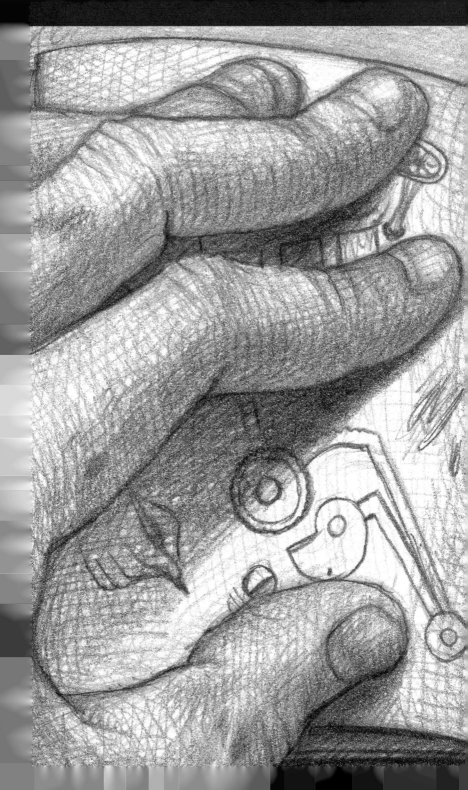

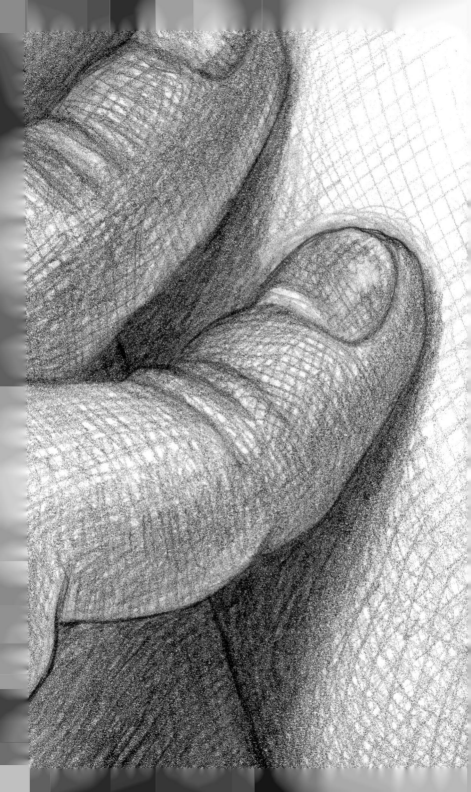

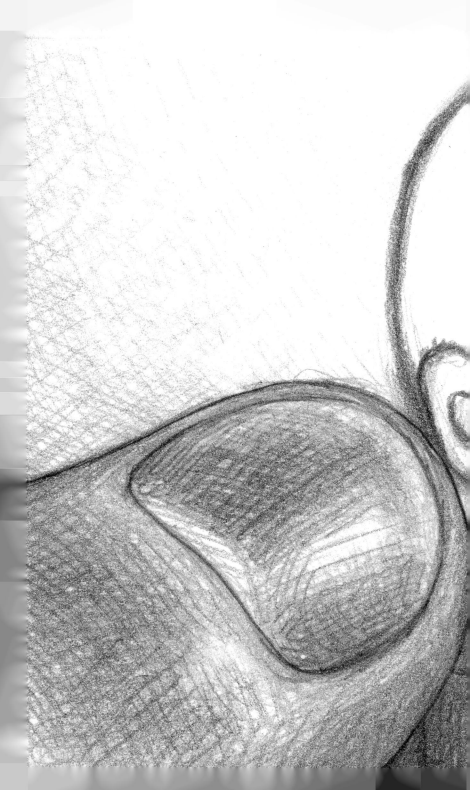

–¡Devuélvamelo! ¡Es mío! –gritó Hugo.

–Fantasmas… –murmuró el juguetero para sí–. Sabía que acabarían por encontrarme.

Cerró el cuaderno, y la expresión de su cara mudó rápidamente del miedo a la tristeza y de la tristeza a la furia.

–¿Quién eres tú, niño? –preguntó bruscamente–. ¿Hiciste tú esos dibujos?

Hugo no respondió.

–Te he preguntado *que si hiciste tú esos dibujos*.

Hugo volvió a gruñir y escupió en el suelo.

–¿A quién le robaste este cuaderno?

–No lo robé.

El viejo resolló, soltó al fin a Hugo y lo apartó de un empujón.

–¡Pues déjame en paz, entonces! No vuelvas a esta juguetería ni te acerques más a mí.

Hugo se frotó el brazo y dio un paso atrás, pisando sin querer el ratón de cuerda que había dejado caer.

El viejo se estremeció al oír el crujido del juguete aplastado.

Hugo recogió los fragmentos del ratoncillo y los puso sobre el mostrador.

–No puedo marcharme sin mi cuaderno.

–Ya no es tuyo, niño. Ahora es mío, y haré con él lo que me dé la gana –el viejo agarró la caja de cerillas de Hugo y la agitó–. ¡Puede que lo queme!

–¡No!

Sin hacer caso, el viejo recogió todos los objetos que Hugo se había sacado de los bolsillos, incluyendo el cuaderno; los colocó sobre un pañuelo, ató las puntas y cubrió el paquete con las manos.

–Entonces dime quién hizo esos dibujos.

Hugo se quedó callado.

El viejo dio un puñetazo en el mostrador que sacudió todos los juguetes.

–¡Lárgate de aquí, ladronzuelo!

–¡El ladrón es usted! –gritó Hugo mientras echaba a correr.

El viejo juguetero siguió rezongando, pero Hugo ya solo oía el eco de sus propios pasos, que rebotaba contra las paredes de la desierta estación.

2

Los relojes

HUGO FUE CORRIENDO hasta el otro extremo del vestíbulo y desapareció por una rejilla de ventilación. Una vez dentro, se detuvo un momento. El ambiente era frío y olía a humedad. De cuando en cuando, una débil bombilla iluminaba un tanto los oscuros pasadizos.

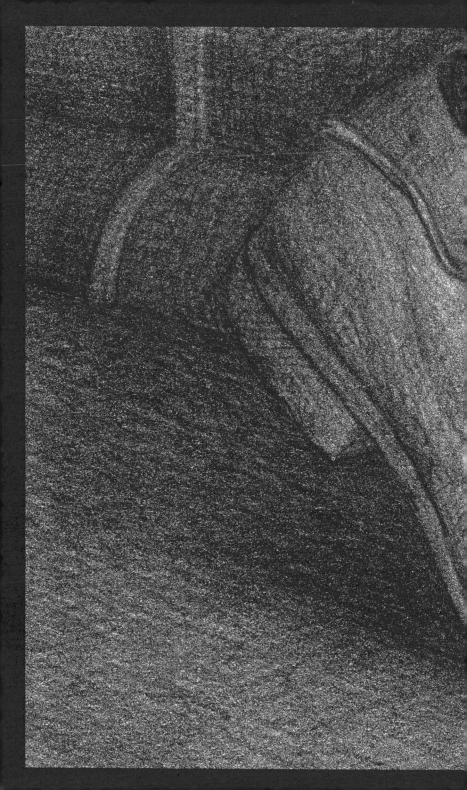

Hugo abrió la puerta y entró.

Sobre el techo de la sala de espera principal había un conjunto de pequeños apartamentos ocultos al público, que hacía tiempo habían servido de vivienda para el personal de la estación. Casi todos llevaban años abandonados, pero quedaba uno en uso.

Por la sucia claraboya se filtraban algunos rayos de sol. Hugo contempló las hileras de botes que se alineaban en las estanterías. Estaban llenos de piezas extraídas de todos los juguetes que había robado de la tienda a lo largo de los meses anteriores. Los estantes estaban fabricados con tablones sueltos que Hugo había encontrado en los pasadizos que recorrían las paredes de la estación. Bajo su camastro desvencijado guardaba sus dibujos, y en un polvoriento baúl que dormía en medio de la habitación tenía una baraja. Junto al baúl, en una mesita baja, se apilaban un montón de sobres: eran los cheques de la paga de su tío, que se habían ido acumulando allí semana tras semana.

Hugo se enjugó las lágrimas y agarró su cubo de herramientas. Se metió unos cuantos cabos de vela y algunas cerillas en un bolsillo y se dispuso a trabajar.

Como de costumbre, comenzó por los dos grandes relojes con esfera de cristal que había en el tejado, porque eran los de más difícil acceso. Eran como enormes ventanales redondos que se abrían sobre la ciudad, uno mirando hacia el norte y el otro hacia el sur. Hugo tuvo que ascender por una larga escalera de caracol, trepar por una escalerilla de madera y colarse por una trampilla abierta en el techo para acceder a los relojes. Cuando subía de día, siempre tenía que pestañear un rato al llegar para acostumbrarse al torrente de luz que se filtraba por los ventanales. Los motores y mecanismos de aquellos dos relojes eran los más grandes de toda la estación, y a Hugo siempre le daba miedo que algún engranaje le atrapara la mano alguna vez.

En una esquina de la estancia, al final de dos sogas, pendían unas enormes pesas que hacían funcionar los relojes. Hugo comprobó la hora que mostraban las esferas de cristal con la del reloj ferroviario de su tío, que guardaba con sus herramientas y al que daba puntualmente cuerda todas las mañanas. Luego se entretuvo un momento revisando los complejos mecanismos y engrasó los ejes de los dos relojes con una pequeña alcuza que llevaba en el cubo. Por último, se quedó escuchando con la cabeza levemente ladeada el ritmo de los mecanismos hasta que estuvo seguro de que todo funcionaba correctamente.

Cuando terminó de revisar los relojes del tejado, Hugo bajó la escalerilla de madera y la escalera de caracol. De nuevo en los oscuros pasadizos, se dispuso a comprobar todos los demás relojes de la estación, que tenían la esfera de bronce y eran accesibles desde el interior de los corredores.

Hugo llegó al reloj que había sobre las taquillas, encendió varios cabos de vela para alumbrarse y se dispuso a revisarlo. Los relojes de los corredores tenían pesas como los del techo; pero eran mucho más pequeñas, y las cuerdas que las sujetaban desaparecían por unos agujeros practicados en el suelo.

Hugo encajó una manivela en un orificio que se abría en la parte trasera del reloj y empujó con todas sus fuerzas para darle vueltas hasta que le fue imposible moverla más.

Comprobó que los engranajes y palancas se movían correctamente y comparó la hora que marcaba la esfera en miniatura de la parte trasera con la de su reloj ferroviario. Cuando acabó, fue recorriendo los pasadizos hasta llegar al anillo de relojes que circundaba los andenes, y luego revisó los relojes más pequeños que había en los despachos interiores de la estación, incluyendo el del inspector. Al llegar a aquel, Hugo pegó un ojo a uno de los números de la esfera. Desde allí se veía el escritorio del inspector, y la jaula que tenía en una esquina del despacho para encerrar a los delincuentes a los que sorprendía con las manos en la masa. Hugo había visto a varios hombres y mujeres encerrados en aquel mínimo calabozo, e incluso a varios chicos de su edad, con los ojos irritados de llorar. Aquellas personas no pasaban mucho tiempo allí; al cabo de un rato se los llevaban siempre, y Hugo nunca había vuelto a ver a ninguno de ellos.

Después de revisar los relojes de las oficinas, Hugo se internó en un largo pasadizo que le condujo hasta el que había frente a la juguetería. Le hubiera gustado saltarse aquel, pero sabía que debía revisarlos todos sin excepción. Acercó la cara a los números y volvió a ver al viejo juguetero: estaba solo en su pequeña tienda, hojeando el cuaderno de Hugo. A Hugo le dieron ganas de ponerse a chillar. Pero en vez de hacerlo, engrasó el reloj y escuchó atentamente su mecanismo. Por el ruido se dio cuenta de que no haría falta darle cuerda en uno o dos días, así que se dirigió al siguiente y no paró hasta que no hubo revisado los veintisiete relojes de la estación, tal como su tío le había enseñado a hacer.

3

La nevada

El viejo juguetero se incorporó y salió de su tienda con paso cansino. Estaba empezando a bajar la persiana de madera para echar el cierre cuando Hugo se le acercó por detrás. Aunque sabía caminar con gran sigilo, el niño hizo un esfuerzo por pisar las baldosas con fuerza para que el hombre advirtiera su presencia.

–No pises tan fuerte, muchacho –dijo el viejo mirándolo por encima del hombro–. Odio el ruido que hacen los tacones de los zapatos al repiquetear contra el suelo.

Acabó de bajar la persiana y enganchó un candado en el pasador.

La estación estaba prácticamente desierta. Hugo sabía que el inspector estaba haciendo su ronda vespertina por el lado opuesto, y se figuraba que aún tardaría un rato en aparecer por allí.

El viejo juguetero cerró el candado y lo revisó para asegurarse de que no se podía abrir.

—¿Cómo te llamas, muchacho?

Hugo titubeó y estuvo a punto de decir una mentira. Pero entonces, sin saber bien por qué, decidió revelarle su verdadero nombre.

—Hugo… Hugo Cabret.

—Escúchame bien, Hugo Cabret. Antes te dije que no te acercaras a mí. Si te vuelvo a ver por aquí, te agarraré de una oreja, te llevaré al despacho del inspector y te encerraré yo mismo en la jaula. ¿Entiendes lo que acabo de decirte?

—Deme mi cuaderno…

—Precisamente, me voy a casa para quemarlo, muchacho.

Y sin más, el viejo juguetero echó una rápida mirada al reloj que había frente a su tienda y echó a andar con paso apurado por el vestíbulo cubierto de enormes nervaduras de hierro. En unos segundos había atravesado las puertas de bronce dorado y se perdía por las oscuras calles de París. El invierno estaba llegando a su fin, pero habían empezado a caer pequeños copos de nieve. Hugo observó cómo el viejo se alejaba.

Llevaba muchísimo tiempo sin salir de la estación, y además no llevaba puesta ropa de abrigo. Sin embargo, en un abrir y cerrar de ojos se encontró saliendo por las puertas doradas a todo correr.

–¡No tiene derecho a quemar mi cuaderno! –le gritó.

–Sí que lo tengo.

A Hugo le habría gustado abalanzarse sobre él y derribarlo para recuperar su cuaderno, pero no le parecía que fuera capaz. Era mucho más pequeño que él, y además el viejo tenía mucha fuerza: a Hugo todavía le dolía el brazo en el punto donde lo había agarrado hacía un rato.

–Deja de hacer ruido con los tacones de los zapatos –siseó el viejo con los dientes apretados–. No quiero volver a decírtelo.

Luego meneó la cabeza y se caló bien el sombrero.

–Espero que la nieve lo cubra todo –dijo en voz baja, como para sí–. Así nadie podrá hacer ruido al andar, y la ciudad entera podrá descansar tranquila.

Pronto llegaron a un decrépito bloque de pisos que había al otro lado del cementerio. El edificio parecía inclinado hacia un lado. Además, debía de haber estado cubierto de hiedra en el pasado, pero la habían arrancado, dejando largas cicatrices que recorrían la agrietada fachada. El viejo sacó una llave grande y abrió con ella una puerta cubierta de pintura verde descascarillada. Luego se volvió para mirar a Hugo.

–¿Es que no sabes que el repiqueteo de los tacones atrae a los fantasmas? –le preguntó–. ¿Quieres que te sigan los espectros?

Sin decir más, se metió rápidamente en el portal y cerró la puerta de golpe.

4

La ventana

HUGO SE QUEDÓ PARADO frente al edificio. Se frotó los ojos para quitarse los copos que se le habían acumulado en las pestañas y manoseó los sucios botones de su chaqueta, sobándolos con los dedos índice y pulgar como anteriormente había hecho con la cubierta de su cuaderno.

Entonces agarró un guijarro del suelo y lo lanzó hacia una ventana. El guijarro chocó contra el cristal con un sonoro chasquido.

Las cortinas se abrieron y en medio apareció la cara de una niña. Por un instante, Hugo creyó que se había equivocado de ventana, pero luego la reconoció.

Era la niña de la juguetería. Cuando Hugo estaba a punto de gritarle algo, ella se llevó un dedo a los labios y le indicó con una seña que no se fuera. Las cortinas volvieron a cerrarse.

Hugo esperó temblando de frío, y al cabo de unos minutos la niña apareció por la esquina trasera del edificio y se acercó corriendo a él.

–¿Quién eres? –le dijo.

–Tu abuelo me ha robado mi cuaderno de notas. Tengo que recuperarlo antes de que lo queme.

–Papá Georges no es mi abuelo –repuso la niña–. Y tampoco es ningún ladrón. El ladrón eres tú.

–¡Eso es mentira!

–Te vi robando.

–¿Cómo ibas a verme? El viejo te dijo que te fueras antes de que yo me acercara a la juguetería.

–Ah, de modo que tú también me has estado espiando a mí. Bueno, pues entonces estamos empatados.

Hugo la miró con curiosidad.

–Déjame entrar, niña –dijo.

–No puedo. Te tienes que marchar.

–No pienso irme hasta que no haya recuperado mi cuaderno.

Hugo cogió otro guijarro y se dispuso a lanzarlo a la ventana, pero la niña le agarró la mano y le arrebató la piedra.

–¿Estás loco? –susurró–. ¡No quiero que me pillen aquí abajo contigo! Dime, ¿por qué te hace tanta falta tu cuaderno?

–No te lo puedo decir.

Hugo trató de coger otro guijarro, pero la chica lo derribó de un empujón y lo inmovilizó en el suelo.

–Escúchame: no te puedo dejar entrar, pero te prometo que haré todo lo que pueda para que papá Georges no queme tu cuaderno. Vuelve mañana a la juguetería y pídeselo otra vez.

Hugo miró fijamente los grandes ojos negros de la niña y se dio cuenta de que no tenía elección. La niña le soltó, y él se puso en pie y se alejó corriendo entre la nieve.

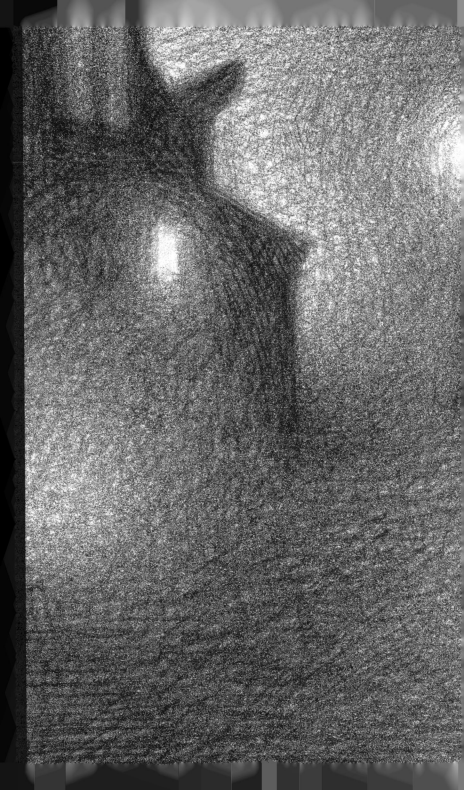

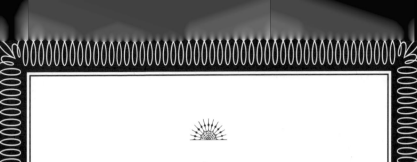

5

El padre de Hugo

HUGO CORRIÓ SIN PARAR hasta encontrarse de nuevo en su casa secreta. Intentó encender la luz, olvidando, como siempre, que la bombilla del techo se había fundido. Sacó una cerilla, la encendió y prendió con ella unas cuantas velas. La estancia se inundó de un tibio resplandor dorado, y en las paredes aparecieron enormes sombras temblorosas.

Los dedos de Hugo se dirigieron instintivamente hacia el bolsillo en el que había estado su cuaderno, pero lo encontraron vacío. Sin saber qué hacer, se acercó a un montón de cajas apiladas que había en una esquina de la estancia y lo apartó, descubriendo un hueco en la pared.

Hugo metió una mano en el escondrijo y sacó un objeto grande, de aspecto pesado. Luego desató las raídas cuerdas que lo rodeaban y abrió el envoltorio de tela.

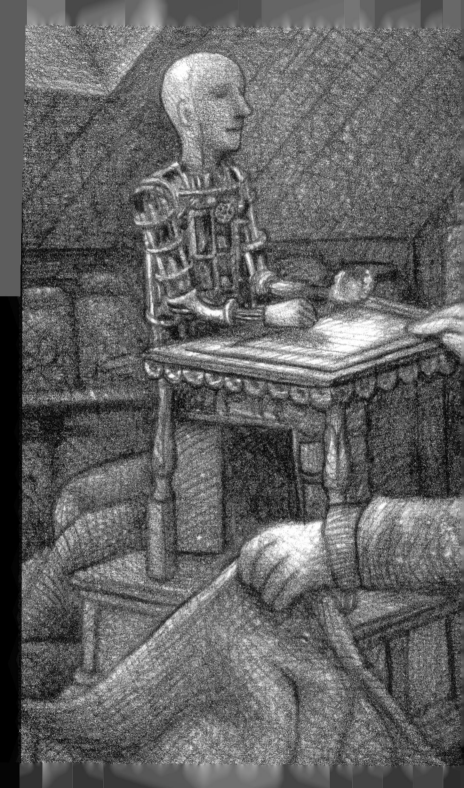

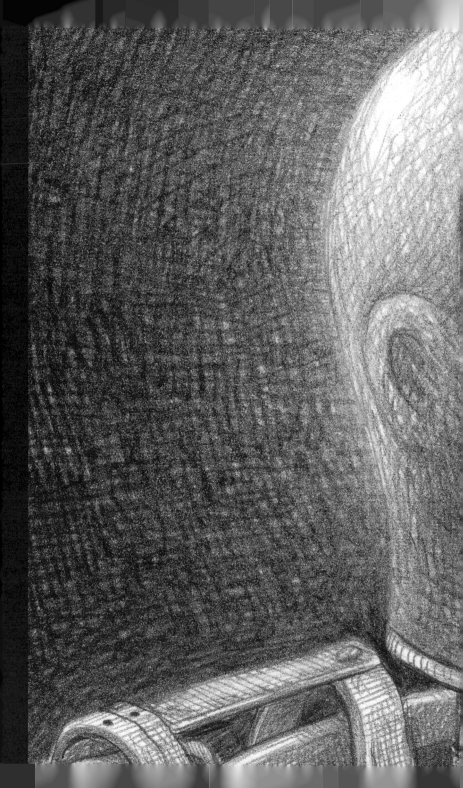

Era un hombre construido enteramente con engranajes de relojería y otras delicadas maquinarias. Desde el mismo momento en que su padre le había hablado de él, aquel hombre mecánico se había convertido en el centro de su vida.

El padre de Hugo regentaba una relojería, y también trabajaba manteniendo los relojes de un viejo museo. Una noche había vuelto a casa más tarde de lo habitual.

—Hola, capitán —le había dicho a Hugo, que ya estaba en la cama—. Perdona que haya tardado tanto en llegar, pero esta tarde encontré una cosa fascinante en el museo; en el desván del museo, para ser exactos. Nadie sabe cómo llegó hasta allí, ni siquiera el viejo guarda se acuerda. Aunque la verdad es que no se acuerda de casi nada… El caso es que es la máquina más bella y compleja que he visto en mi vida. Es una auténtica pena que la dirección del museo no se haya preocupado por mantenerla en funcionamiento.

—¿Qué es? —preguntó Hugo.

—Un autómata —respondió su padre con los ojos brillantes.

—¿Y eso qué es?

—Es un aparato de cuerda, como las cajas de música o esos juguetitos que se mueven, pero infinitamente más complicado. No es la primera vez que veo uno: en cierta ocasión vi un pájaro que cantaba dentro de una jaula, y un trapecista mecánico que hacía acrobacias… Pero este es mucho más complejo e interesante.

–¿Por qué? –inquirió Hugo, intrigado.

–Porque este puede escribir. Al menos, eso creo. Sostiene una pluma, y está sentado tras una mesa. Lo he abierto para mirar por dentro y tiene cientos de piezas, entre ellas varias docenas de ruedas dentadas con las más extrañas muescas y surcos que te puedas imaginar. Estoy seguro de que, si estuviera en buen uso, podríamos darle cuerda y poner un papel en la mesa, y todas esas piececitas empezarían a moverse una tras otra haciendo que el brazo del autómata escribiera algo. Un poema, una adivinanza… La pena es que está demasiado deteriorado y herrumbroso como para funcionar.

–¿Quién lo fabricó?

–He preguntado al personal del museo y nadie lo sabe, pero todos los demás autómatas que he visto en mi vida fueron creados por magos que los usaban en sus espectáculos.

–¿Magos? –preguntó Hugo, cada vez más emocionado.

–Bueno, en el pasado hubo bastantes magos que antes de serlo fueron relojeros, y usaban sus conocimientos para construir esas máquinas asombrosas. Las hacían con el único propósito de dejar a la gente boquiabierta, y casi siempre lo conseguían; nadie se explicaba cómo podían bailar, escribir o cantar aquellos muñecos. La gente llegaba a pensar que aquellos magos eran capaces de crear vida artificial, pero en realidad todo el secreto residía en los mecanismos de sus autómatas.

–¡Pero tú también eres relojero, papá! –exclamó Hugo–. Podrías arreglarlo, ¿no?

–No lo sé, Hugo. Está comido por el óxido y le faltan piezas. Además, ya tengo bastante trabajo.

A Hugo también se le daba bien arreglar relojes; parecía una habilidad hereditaria en su familia. Su padre siempre había llevado a casa relojes rotos para que el niño jugara con ellos, y a la edad de seis años ya era capaz de arreglarlo casi todo. Más tarde, cuando empezó a visitar el taller de su padre, Hugo lo miraba trabajar con enorme atención, y cuando se aburría construía animalitos mecánicos con las piezas sobrantes que había esparcidas por la sala. El padre de Hugo colocaba aquellas creaciones sobre su banco de trabajo, lleno de orgullo por lo habilidoso que era su hijo.

–¿Puedo ver el autómata? –preguntó Hugo–. Por favor, papá.

Unos días después, él y su padre se colaron a hurtadillas en el desván del museo. A la luz polvorienta que entraba por las claraboyas, Hugo distinguió maquetas de barcos rotas, cabezas de estatuas, viejos carteles, puertas amontonadas... Había frascos de cristal llenos de líquidos de apariencia extraña, pájaros disecados y felinos petrificados en mitad de un salto que reposaban sobre soportes de madera.

El padre de Hugo se acercó a un bulto cubierto por una mugrienta tela blanca, lo destapó... y allí estaba el hombre mecánico. Al verlo, Hugo tuvo la clara conciencia de que nunca olvidaría aquel momento. Sus mecanismos eran tan intrincados, tan complejos, que se mareó solo de mirarlos. A pesar del estado de deterioro en el que se encontraba, era un objeto muy bello.

–¿Por qué no lo arreglas, papá? –susurró Hugo–. ¿No quieres averiguar lo que escribe? Podríamos darle cuerda y leer su mensaje.

–Ni siquiera sé si voy a tener tiempo de arreglar todos los relojes rotos que tengo en el taller y el museo, hijo.

Sin embargo, el padre de Hugo debió de reflexionar sobre el autómata mientras trabajaba en su taller.

Pronto, el padre de Hugo tenía varios cuadernos llenos de bocetos del autómata. Lo había desarmado con mucha precaución, había trazado dibujos detallados de cada una de sus partes, había limpiado todas las piezas y las había vuelto a ensamblar pacientemente. En el siguiente cumpleaños de Hugo, su padre le llevó a ver una película como hacía todos los años, y luego le entregó uno de los cuadernos como regalo.

Para entonces, el padre de Hugo ya estaba obsesionado con la idea de reparar el autómata. Llevó a su hijo al museo unas cuantas veces más para explicarle cómo funcionaban sus mecanismos; tanto Hugo como él estaban convencidos de que tenía arreglo, y a menudo especulaban sobre lo que podría escribir cuando funcionara. Los dos empezaron a considerar al autómata como un animal herido que había que cuidar para que se restableciera.

Una noche, el viejo vigilante del museo olvidó que el padre de Hugo estaba en el desván y echó la llave de la puerta principal, dejándolo encerrado dentro.

Hugo nunca llegó a saber exactamente lo que ocurrió a continuación.

Nadie sabía por qué había empezado el incendio, pero lo cierto es que arrasó el edificio del museo en cuestión de minutos.

Hugo estuvo toda la noche despierto, esperando el regreso de su padre. Nunca había llegado tan tarde. Pero cuando la puerta de su casa se abrió por la mañana, quien apareció en el umbral no fue su progenitor.

Era su tío Claude.

–Recoge tus cosas y mételas en una maleta. Date prisa, sobrino –dijo su tío. El aliento le apestaba a alcohol, como de costumbre. Con una mano se quitó sus pequeños anteojos de montura de alambre mientras con la otra se secaba los ojos inyectados en sangre–. Tu padre ha muerto. Yo soy el único familiar que te queda, así que te acogeré en mi casa.

Hugo, que no había dormido en toda la noche, apenas comprendió las palabras de su tío. La cabeza le palpitaba al ritmo de los latidos de su corazón, como el tictac de un reloj. Atontado, como en un trance, Hugo metió toda la ropa que tenía en una pequeña maleta y guardó en una bolsa algunas herramientas y una baraja. Luego se metió el pequeño cuaderno de cartón que le había regalado su padre en el bolsillo del pantalón.

Mientras recorrían las heladas calles de la ciudad, su tío le habló del incendio y de la puerta que el vigilante había cerrado por error. A Hugo le hubiera gustado desplomarse allí mismo, tumbarse en la acera y desaparecer.

¡Todo había ocurrido por su culpa! Le había pedido a su padre que arreglara aquel artilugio, y su padre había muerto por hacerle caso.

Su tío seguía hablando mientras caminaban.

–Serás mi aprendiz –le oyó decir vagamente–. Vivirás en la estación conmigo, y yo te enseñaré cómo cuidar de los relojes. Serás aprendiz de relojero; es un buen oficio para un chico como tú. Además, me estoy haciendo demasiado viejo para colarme por esos pasadizos.

En la neblina que inundaba la mente de Hugo flotaban un millón de preguntas, pero solo se atrevió a hacer una:

–¿Y la escuela…?

Tenía la mano en el bolsillo del cuaderno, y sin darse cuenta había empezado a frotarlo con el índice.

–Ah, sobrino, eres un chico con suerte –respondió su tío con una carcajada–. La escuela se acabó: no te quedará tiempo para ir cuando te hagas cargo de los relojes de la estación. En realidad, deberías agradecérmelo –añadió tío Claude, dándole una palmada a Hugo en la espalda–. Provienes de una larga estirpe dedicada a la cronometría; tu padre estaría orgulloso de ti. Venga, date prisa.

El tío Claude carraspeó, se sacó una petaca plateada del bolsillo y dio un trago.

El taller del padre de Hugo tenía un rótulo que ponía «Especialista en cronometría». Hugo sabía que la cronometría era la ciencia de medir el tiempo con los relojes, y siempre había pensado que acabaría por convertirse en relojero como su padre. Pero cuando su padre descubrió el autómata, Hugo cambió de opinión: prefería ser mago.

En aquel momento, por la cabeza de Hugo cruzó la idea de escapar corriendo de su tío. Pero este le agarró del cuello de la chaqueta como si le hubiera leído los pensamientos, y no lo dejó ir hasta que no llegaron a la estación.

Y así, Hugo comenzó a pasarse los días envuelto en la penumbra de los corredores, cuidando de los relojes. A menudo imaginaba que tenía el cráneo lleno de ruedas y engranajes, y sentía una extraña conexión con todos los mecanismos que tocaba. Le apasionaba aprender cómo funcionaban los relojes de la estación, y sentía cierta satisfacción al escabullirse por el interior de las paredes para reparar los relojes sin que nadie lo viera. Pero su tío apenas le daba comida, le gritaba a menudo, le golpeaba los nudillos cuando hacía algo mal y lo obligaba a dormir en el suelo.

Su tío también le enseñó a robar comida. A Hugo le repugnaba hacerlo, pero en ocasiones era la única forma de conseguir algo que llevarse a la boca. Casi todas las noches lloraba hasta quedarse dormido, y cuando el sueño lo rendía, soñaba con incendios y relojes rotos.

Pronto, su tío empezó a ausentarse durante ratos largos, dejando que Hugo se hiciera cargo de los dos repasos diarios que había que dar a los relojes de la estación. A veces no volvía hasta bien entrada la noche; y un día, simplemente no volvió.

A Hugo le daba miedo que su tío lo persiguiera si se marchaba, pero una noche –la tercera que su tío pasaba fuera– decidió escapar. Metió todas sus posesiones en la maleta y salió corriendo de la estación; estaba cansado y hambriento, y no sabía adónde ir. Se internó por las callejuelas del centro de la ciudad dando vueltas al azar, aterrorizado por la idea de que tal vez muriera de frío si no encontraba algún refugio. Caminaba con la cabeza gacha para protegerse del viento helado, y así, le sorprendió encontrarse de pronto frente a las ruinas carbonizadas del museo. Lo único que quedaba en pie era una tiznada pared de ladrillo, salpicada de ventanas que solo mostraban la negrura del cielo. La policía había cercado el lugar con una valla de madera, pero aún no habían empezado a despejar el solar. Delante de la fachada había un enorme montón de vigas retorcidas, tablas quemadas y ladrillos rotos. Pero en medio de los escombros Hugo vislumbró un brillo que le llamó la atención.

El autómata yacía entre los restos del edificio como si quisiera acusar a Hugo, recordarle que todo lo que tenía en la vida había desaparecido. Hugo se sentó y lo miró fijamente.

Así estuvo largo rato.

A lo lejos ladraba algún perro, y el rumor de los barrenderos rompía de cuando en cuando el silencio de la noche. Hugo reflexionó: no sabía adónde ir ni qué hacer. No le quedaba nadie en el mundo. Hasta el autómata había muerto.

Volvió a agarrar su maleta y echó a andar. Sin embargo, no podía evitar volver la mirada atrás; algo en su interior le impedía dejar allí el autómata. Su padre había pasado muchas horas arreglándolo, y ahora le pertenecía a él. Hugo inspiró profundamente, dio la vuelta, se acercó al montón de escombros y escarbó un poco. El autómata pesaba mucho y se había partido en varios trozos, pero Hugo cargó con ellos y se encaminó hacia la estación a pesar del temor que le inspiraba aquel lugar. No se le ocurría otro sitio al que acudir.

Fue un trayecto muy difícil, porque Hugo no solo tenía que cargar con la maleta, sino también con los ennegrecidos fragmentos del autómata. Le dolían los brazos y la espalda, y ni siquiera sabía qué iba a hacer con todo aquello cuando llegara a la habitación en la que vivía.

Era muy tarde, lo que le permitió colarse por una de las rejillas de ventilación sin que nadie lo viera. Una vez dentro de la pared, tuvo que hacer varios viajes para transportar toda su carga hasta la habitación. Al acabar tenía las manos llenas de profundos rasguños y los brazos entumecidos. Dejó los pedazos del autómata en el suelo, llevó a la diminuta cocina la jofaina que había junto a su camastro, la llenó de agua en el fregadero resquebrajado y se lavó las manos. Luego observó los retorcidos trozos de metal que había traído consigo, pensando que era una suerte que su tío no hubiera vuelto aún.

«Arréglalo.»

Hugo dio un respingo; hubiera jurado que una vocecilla acababa de susurrarle aquella palabra al oído. Miró a su alrededor esperando ver a su tío, pero en la estancia no había nadie más que él. Reflexionó: no sabía si la voz habría sonado dentro de su propia cabeza o si habría sido un fantasma, pero la había oído claramente. «Arréglalo.»

Observó el autómata, pensando que nunca sería capaz de repararlo. Estaba aún más deteriorado que antes. Sin embargo, aún tenía el cuaderno que le había dado su padre. Tal vez pudiera utilizar los dibujos como guía para reconstruir las partes que faltaban.

El sentimiento de que debía intentarlo se hacía más y más fuerte. Si lo lograba, al menos dejaría de estar tan solo.

Hugo era consciente del peligro que entrañaba quedarse en la estación. Su tío podía volver; además, si el inspector de la estación se enteraba de que vivía allí solo, lo encerraría en la jaula de su despacho y luego lo mandaría al orfanato. Si eso ocurría, estaba seguro de que el autómata acabaría destrozado o en el basurero.

Hugo se dio cuenta en seguida de que tenía que hacer como si su tío siguiera viviendo allí. Se dedicó a cuidar de los relojes para que funcionaran con total precisión, y cuando llegaban a la oficina de personal los cheques de las pagas, se colaba sin que lo viera nadie para retirar el de su tío (aunque no sabía cómo cobrar el dinero). Ante todo, procuraba ser invisible.

Desde entonces habían pasado tres meses. Hugo rozó con las yemas de los dedos el brazo del autómata y observó su rostro. Había estudiado con mucha atención los dibujos de su padre, y había logrado grandes progresos en la restauración del autómata. También le había repintado las facciones, que ahora mostraban una expresión muy extraña. Le recordaba a la cara que ponía su padre cuando parecía estar pensando en tres cosas a la vez. La mano recién barnizada del autómata estaba suspendida sobre la mesa como al principio, a la espera de agarrar la pluma que Hugo tenía que fabricarle.

Hugo había pensado mucho en lo que podría escribir el autómata una vez arreglado. Cuanto más avanzaba en su restauración, más le obsesionaba una idea; sabía que era una locura, pero no podía sacársela de la cabeza. Estaba convencido de que lo que apareciese allí escrito resolvería todas las preguntas que tenía pendientes y le revelaría qué hacer ahora que se había quedado solo. Aquella nota iba a salvarle la vida, estaba seguro de ello.

Siempre que pensaba en la nota del autómata, se la imaginaba escrita con la letra de su padre. Tal vez su padre, mientras lo reparaba en el desván del museo, hubiera alterado sus menudos mecanismos para hacerle escribir algo diferente, algo destinado únicamente a Hugo. No era una idea tan descabellada, al fin y al cabo.

Hugo pensó que solo tenía que recuperar el cuaderno para terminar su tarea y leer el mensaje de su padre.

6

Ceniza

Estaba rompiendo el día. El viejo juguetero acababa de abrir su tienda cuando Hugo se acercó por el vestíbulo.

–Estaba seguro de que vendrías hoy –dijo volviéndose hacia él.

Se metió la mano en el bolsillo, sacó un pañuelo con las esquinas atadas y se lo ofreció. Hugo abrió los ojos de par en par, esperanzado; pero en cuanto cogió el pañuelo comprendió lo que le había entregado el viejo.

Mientras desataba los cabos se le formó un nudo en la garganta, y las lágrimas se le agolparon en los ojos.

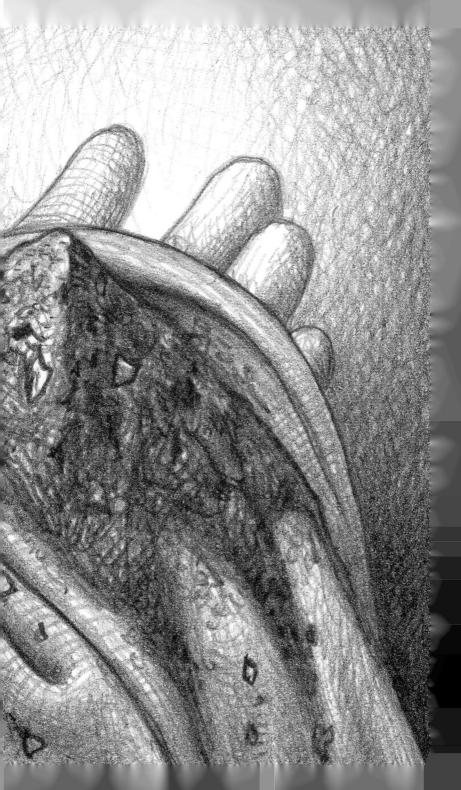

Hugo palpó las cenizas y dejó caer el pañuelo que las contenía. Se tambaleó: todos sus planes, todos sus sueños se habían deshecho como aquel puñado de ceniza. De improviso se abalanzó sobre el viejo, pero él fue más rápido y le agarró los brazos para detenerle.

–¿Por qué te importa tanto ese cuaderno? –preguntó mientras sacudía a Hugo–. ¿Por qué no quieres decírmelo?

Hugo se echó a llorar y, mientras se debatía para desasirse de las manos del hombre, se dio cuenta de algo extraño: también él parecía tener lágrimas en los ojos. Hugo se preguntó por qué estaría llorando el viejo juguetero.

–Vete –susurró este, soltándolo–. Márchate de aquí, por favor. Ya ha acabado todo.

Hugo se enjugó las lágrimas con una mano llena de ceniza que le dejó la cara surcada de churretes negruzcos. Luego se dio la vuelta en redondo y echó a correr.

Estaba exhausto, pero tenía que revisar los relojes. Por un momento consideró la posibilidad de rendirse: dado que ya no podría conocer el mensaje del autómata, tal vez fuera más fácil ir al despacho del inspector para pedirle que lo enviara al orfanato. Al menos, así no tendría que robar más comida ni preocuparse por los relojes. Sin embargo, la idea de perder de vista al hombre mecánico se le hacía insoportable. Había acabado por quererlo; se sentía responsable de él. Aunque no funcionara, prefería quedarse en la estación para tenerlo cerca.

Hugo se puso manos a la obra. Sin embargo, por más que intentaba pensar en otras cosas, la imagen del pañuelo lleno de cenizas volvía a su mente una y otra vez. Estaba furioso con el viejo, y la mentira que le había dicho la niña le parecía imperdonable.

Al final de la jornada, Hugo posó en el suelo su cubo de herramientas y se sentó junto al reloj que acababa de revisar. Metió su reloj ferroviario en el cubo, apoyó la barbilla en las rodillas y se tapó la cara con las manos.

Estaba tan cansado que se adormeció durante un momento, arrullado por el ritmo del reloj; pero en seguida empezó a soñar con incendios y se despertó sobresaltado.

Envuelto en una sensación de melancólica frustración, Hugo dio por terminado su trabajo y se retiró a su cuarto para tratar de dormir. Pero la cabeza no dejaba de darle vueltas, así que sacó un trozo de papel y un lápiz de una caja que había junto a la cama y se puso a dibujar relojes y engranajes, máquinas imaginarias y magos subidos a escenarios de teatro. Dibujó el autómata una y otra vez, y no dejó de dibujar hasta que no se calmó el torbellino de su mente. Luego metió los bocetos bajo su cama, donde ya había un montón, y se tumbó vestido sobre el colchón.

Cuando amaneció, Hugo recordó que los relojes estaban esperándolo como todos los días.

Al terminar de revisarlos, se lavó la cara y las manos en la jofaina de su cuarto. Estaba sediento, y lo que más le apetecía en el mundo era beber un poco de café caliente. Como era imposible robar una taza de café, Hugo rebuscó en sus botes y al fin logró reunir algunas monedas.

Se dirigió a la cantina y se sentó a una mesa para saborear el café. Procuraba comprar todo lo que comía o bebía con la calderilla que encontraba por el suelo, y trataba de no robar nada que sus dueños pudieran necesitar. Sisaba ropa de la sección de objetos perdidos, y rebuscaba en las papeleras en busca de mendrugos de pan duro. A veces se permitía robar alguna botella de leche o algún bollo de los que dejaban los repartidores junto a la cantina todas las mañanas antes del amanecer, como le había enseñado a hacer su tío. Evidentemente, los juguetes eran la excepción a las reglas que se había impuesto.

El café estaba demasiado caliente, y mientras Hugo esperaba a que se enfriara, se dedicó a observar la cavernosa estación y la multitud de viajeros que se apresuraban para llegar a un millar de sitios diferentes. Cuando observaba la estación desde arriba, solía pensar que los viajeros parecían los engranajes de una compleja maquinaria.

Pero de cerca, en medio del bullicio, todo parecía caótico y disperso.

Cuando volvió a agarrar la taza, vio que sobre la mesa había aparecido un papel doblado. Miró a su alrededor, pero no había nadie cerca que pudiera haberlo dejado allí. Hugo desdobló la hoja lentamente.

Decía así: *Te veré en la librería que hay al otro lado de la estación.*

Nada más.

Pero entonces dio la vuelta al papel y vio otra frase escrita: *Las cenizas no eran de tu cuaderno.*

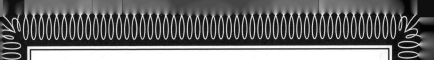

7

Secretos

HUGO NUNCA HABÍA ENTRADO en la librería, pero sabía perfectamente dónde estaba; conocía la estación como la palma de su mano. Enfrente de la cantina, junto a la sala de espera principal, había siempre dos mesas de madera cubiertas de libros que flanqueaban una puerta con el siguiente rótulo: R. LABISSE. LIBROS NUEVOS Y DE OCASIÓN.

Cuando abrió la puerta, en el interior de la librería repiqueteó una campanilla. Hugo empezó a sobar los botones de su chaqueta para tranquilizarse, y uno de ellos se desprendió. Se lo metió en el bolsillo y siguió manoseándolo. El corazón le latía con fuerza.

La librería olía a papel viejo, polvo y canela. Aquel olor le recordó al colegio, y de improviso le vino a la cabeza un agradable recuerdo de su vida anterior, una imagen de Antoine y Louis, los mejores amigos que había tenido en la escuela. Los dos eran muy morenos y a menudo jugaban a decir que eran hermanos. Hugo llevaba mucho tiempo sin acordarse de ellos. Antoine, el más alto de los dos, había apodado a Hugo «Tictac» porque siempre llevaba algún reloj en los bolsillos. Hugo se preguntó qué habría sido de ellos. ¿Seguirían jugando a ser hermanos? ¿Lo echarían de menos?

Hugo recordó también las increíbles historias de Julio Verne que su padre le leía muchas noches. Otras veces le leía cuentos de hadas de su autor favorito, Hans Christian Andersen. Echaba mucho de menos aquellas lecturas.

Tras el mostrador de la librería, entre dos pilas de tomos de enciclopedia, asomaba el librero. Hugo miró a su alrededor. Al principio no distinguió a nadie más, pero en seguida vio cómo la niña aparecía entre los montones de libros como una sirena emergiendo de un mar de papel. La niña cerró el volumen que tenía entre las manos y le indicó con un ademán que se acercara a ella.

–Papá Georges no ha quemado tu cuaderno.

–¿Cómo puedo saber que me dices la verdad? Me mentiste el otro día.

–No te mentí. Papá Georges ha hecho trampa.

–¿Por qué me cuentas esto? ¿Por qué me quieres ayudar?

La niña se quedó pensativa un momento.

–Porque quiero ver lo que hay en tu cuaderno –dijo luego.

–No puedes. Es secreto.

–Mejor, me gustan los secretos.

Hugo pensó que aquella niña era desconcertante. Ella se volvió hacia el fondo de la tienda para hablar con el librero.

–Señor Labisse, si no le importa, me llevo el libro de fotografía. Se lo devolveré pronto.

–Sí, sí, de acuerdo –respondió él con aire ausente, mientras la niña salía de la librería sin volverse para mirar a Hugo.

Una parte de Hugo desconfiaba de la niña: podía estar engañándolo. Pero como no tenía nada que perder, se encaminó a la juguetería y esperó a que el viejo terminara de atender a unos clientes. Las ruedas y engranajes de su cabeza giraban desenfrenadamente.

–¿Qué haces aquí? –preguntó el viejo juguetero.

Hugo inspiró profundamente antes de contestar.

–No creo que haya quemado usted mi cuaderno.

–¿Ah, no? –repuso el viejo.

Parecía sorprendido, y reflexionó durante unos segundos antes de seguir hablando.

–¿Y a mí qué? –dijo luego–. Tal vez estés en lo cierto; puede que esas cenizas no fueran los restos de tu cuaderno, pero eso es algo que nunca sabrás.

Hugo se acercó muy lentamente al mostrador.

El viejo ordenó tranquilamente los juguetes que tenía esparcidos por la encimera y retomó el hilo.

–Has hecho mal en volver aquí, Hugo Cabret. Márchate ahora mismo.

Pero más tarde, tras reflexionar en la soledad de su habitación y en los estrechos corredores que conducían a los relojes, Hugo se convenció de que tenía que seguir intentándolo. Al día siguiente volvió a la juguetería, y al otro también. El montoncito de dibujos que guardaba bajo la cama crecía cada noche.

Al tercer día, el viejo juguetero salió de su tienda enarbolando una escoba. Hugo se estremeció, convencido de que iba a golpearlo. Pero en vez de hacerlo, el juguetero le ofreció el palo.

–Sé útil, al menos –le dijo.

Hugo agarró la escoba y se puso a barrer el trozo de vestíbulo que había frente a la juguetería.

El viejo lo observó atentamente.

Cuando Hugo terminó, le devolvió la escoba.

–Y ahora deme mi cuaderno.

El viejo tosió y se llevó una mano al bolsillo. Cuando la sacó, en ella había algo de calderilla.

–Ve a comprarme un cruasán y un café. Espero que no pretendas robar mi dinero como hiciste con mis juguetes.

Hugo cogió las monedas alegremente y volvió al poco con dos cruasanes y dos cafés. Los dos comieron y bebieron en silencio.

Cuando terminaron, el viejo se levantó del banco en el que estaban sentados, entró en la tienda, rebuscó tras el mostrador y sacó los restos aplastados del ratoncito azul de cuerda que Hugo había intentado robar el día en que lo sorprendió.

–Arréglalo –dijo, esparciendo las retorcidas piezas por el mostrador.

Hugo lo miró atónito.

–He dicho que lo arregles –insistió el hombre.

–Necesito mis herramientas.

El viejo juguetero sacó una caja de lata llena de minúsculos destornilladores, alicates, limas y martillitos de bronce.

–Usa estas.

Hugo vaciló solo un instante, y luego se puso manos a la obra.

El ratón correteó ruidosamente por el mostrador.

–Veo que no me he equivocado al juzgarte –dijo el viejo–. Parece que tienes cierto talento. Y ahora, dime: ¿por qué has vuelto? ¿Estás dispuesto a hablarme sobre los dibujos de tu cuaderno?

–Démelo primero –respondió Hugo.

El viejo suspiró.

–No voy a decirte si lo he quemado o no; pero, si no lo hubiera hecho, solo habría una posibilidad de que te lo devolviera. Los mocosos como tú valen aún menos que los andrajos que llevan puestos. Sin embargo, casi todos los mocosos como tú habrían desaparecido sin dejar rastro. Además, hay pocos con la habilidad que tú tienes para arreglar artefactos mecánicos. Tal vez seas capaz de demostrarme que eres algo más que un ladronzuelo; tal vez puedas ganarte tu cuaderno. Pero recuerda que esto es una apuesta, y tú estás jugándote tu tiempo. Puede que trabajes para mí durante meses y meses para acabar descubriendo que no estabas en lo cierto, y que tu cuaderno ya no existe. Es una posibilidad que debes tener en cuenta, un riesgo que tendrás que correr.

El juguetero miró a Hugo fijamente y continuó hablando.

–Vendrás aquí todos los días. Yo decidiré cuánto tiempo deberás trabajar para compensarme por todos los juguetes que me robaste, y también decidiré cuándo es el momento adecuado para devolverte el cuaderno… si es que no lo he quemado, claro. ¿Lo entiendes?

–Pero es que tengo que trabajar –protestó Hugo.

El viejo soltó una carcajada.

–Robar no es un trabajo, niño.

–Yo trabajo en otra cosa. Sin embargo, vendré siempre que pueda.

–Empiezas mañana.

Hugo echó a correr por el vestíbulo desierto, procurando no hacer ruido con las suelas de los zapatos.

No es que fuera un plan perfecto, pero al menos era un comienzo.

8

Cartas

AL DÍA SIGUIENTE, tras su ronda matinal de revisiones, Hugo se presentó en la juguetería dispuesto a trabajar. Le daba la impresión de que las ruedas y engranajes de su cabeza se movían en direcciones opuestas: tan pronto se esperanzaba pensando que iba a recuperar su cuaderno, como se ponía furioso con el viejo. Aun así, cumplió con todas sus tareas. Barrió el suelo de la tienda y ordenó las cajitas que se alineaban tras el mostrador. Desenredó los cables de los móviles de pájaros y repintó los juguetes que tenían melladuras en el esmalte. También arregló los animales mecánicos que habían dejado de funcionar.

Se encontró rodeado de piezas mecánicas, más de las que jamás hubiera podido imaginar. Mirara donde mirara, encontraba botes llenos de piececitas metálicas, resortes minúsculos, engranajes, muelles, tuercas, tornillos y trocitos de hojalata de colores. Sabía que no debía robar nada más, pero aquella abundancia resultaba demasiado tentadora. Si lograba recuperar su cuaderno, iba a necesitar muchas más piezas de las que tenía.

Finalmente, al tiempo que manoseaba con nerviosismo los botones de su chaqueta, se guardó discretamente las piececitas que más necesarias le parecieron.

Mientras Hugo trabajaba, el viejo se dedicaba a jugar a las cartas. El padre de Hugo le había enseñado a hacer solitarios años atrás, y a menudo hacía trucos de cartas para entretenerle. El niño llevaba mucho tiempo sin acordarse de ello, pero al ver cómo jugaba el viejo se quedó cautivado por las cosas que hacía. Este no se limitaba a barajar las cartas: formaba un abanico con ellas, les daba la vuelta y las hacía saltar formando un puente que pasaba de una mano a otra con rapidez vertiginosa. Sabía cortar la baraja con una sola mano y hacer que apareciera un segundo abanico de cartas tras el primero. Hasta hizo que una carta flotara sobre el mostrador y se volviera a posar sola. Hugo se preguntó cómo podría un hombre tan viejo hacer unas cosas tan asombrosas.

Al día siguiente, Hugo fue a la juguetería con su baraja guardada en un bolsillo. Cuando ya casi había terminado todas sus tareas, se acercó con actitud decidida al viejo juguetero y dejó la baraja ante él.

–Enséñeme cómo hace esas cosas con las cartas.

–¿Cómo hago qué? ¿Los solitarios?

–No, cómo logra hacer abanicos usando una sola mano, y cómo hace que las cartas floten.

–¡No me digas que he hecho todas esas cosas! –exclamó el viejo–. Habrá sido sin darme cuenta. Y ahora, sigue trabajando antes de que pierda la paciencia.

Hugo no se movió ni un ápice.

El viejo titubeó. Giró un poco la cabeza y, mirando a Hugo de reojo, agarró su baraja y la extendió en abanico como había hecho antes. Después hizo que las cartas bailaran, se pusieran verticales y flotaran.

Hugo lo observó todo obnubilado hasta que la voz del viejo juguetero lo sacó de su trance.

–Hala, ya está bien. Ponte a trabajar.

Sin embargo, durante el resto de la jornada, Hugo siguió observando de vez en cuando al viejo, que seguía haciendo cosas increíbles con las cartas. A veces sus miradas se encontraban, y entonces Hugo tenía la impresión de que, en el fondo, el otro, quería que viera todo lo que estaba haciendo. Era como una representación solo para él.

Al fin, el viejo se quedó dormido sobre el mostrador, como de costumbre, y Hugo sintió un golpecito en el hombro. Era la niña, que lo observaba con un libro rojo bajo el brazo. Cuando iba a saludarla, ella se llevó el índice a los labios.

–Ve a la librería dentro de diez minutos –le susurró–. Papá Georges no quiere que esté aquí.

La niña echó a andar rápidamente esquivando bancos y columnas, y pronto se perdió de vista por el vestíbulo.

–Ya he empezado a buscar tu cuaderno –dijo cuando Hugo entró en la librería.

–No quiero que mires lo que pone.

–Si lo encuentro, creo que debería tener derecho a hojearlo, al menos.

–Pues entonces no lo busques –repuso Hugo fulminándola con la mirada.

–¿Por qué eres tan mezquino? Yo solo trato de ayudarte.

Hugo pestañeó. Nunca se le había ocurrido calificarse a sí mismo de mezquino. El viejo juguetero era mezquino, sin duda, ¿pero él? No, él no tenía más remedio que comportarse así. Estaba obligado a guardar sus secretos, pero no podía explicarle todo aquello a la niña.

Ella esperaba con los brazos en jarras, mirándolo con una expresión que Hugo no supo identificar. Parecía muy adulta, y como si estuviera decepcionada con él; por un instante, Hugo notó con sorpresa que el corazón se le encogía. Apartó la vista de la niña y se metió las manos en los bolsillos.

–Prométeme que no lo abrirás –insistió.

–Como quieras –respondió ella en tono agrio–. Pero si cae al suelo y se abre, no pienso cerrar los ojos al recogerlo –añadió luego, más suavemente.

En aquel momento volvió a sonar la campanilla y un joven entró en la librería.

–¡Etienne! –exclamó la niña.

–Hola, Isabelle –respondió él.

«Así que se llama Isabelle», pensó Hugo.

–¡Cuánto tiempo sin verte, Isabelle! ¿Qué tal van las cosas en la juguetería?

–Bien –respondió ella, mientras extendía el brazo para señalar a Hugo–. Te presento a mi amigo…

–Hugo.

Etienne sonrió y le chocó los cinco.

–Etienne trabaja en el cine que hay cerca de mi casa, ¿sabes? Siempre me deja pasar sin entrada; a papá Georges no le gusta que vaya al cine.

–Cuando conozco a alguien que disfruta tanto de las películas, me da mucha pena que no pueda verlas. No lo puedo evitar. ¿A ti te gustan, Hugo?

–Mi padre siempre me llevaba al cine por mi cumpleaños –respondió él.

–¿Y qué películas has visto? –preguntó Isabelle.

Hugo miró alternativamente a los dos, recordando los tiempos en los que iba al cine con su padre y lo mucho que les gustaba estar juntos en la penumbra de la sala.

Por fin se decidió a contestar a la pregunta de la niña.

–El año pasado vimos una en la que un hombre se quedaba colgado de las agujas de un reloj gigantesco.

–¡Ah, esa es muy buena! Se llama *El hombre mosca* –dijo Isabelle–. El protagonista es Harold Lloyd.

–Voy a marcharme unos días de la ciudad para visitar a mi familia –intervino Etienne–. Pero podéis venir al cine la semana que viene, cuando esté de vuelta. Os dejaré pasar a escondidas.

–Yo no puedo… –murmuró Hugo.

–¿Cómo que no? –respondió Etienne, sonriente–. Prométeme que vendrás.

–Pero es que no puedo.

–¡Vamos, Hugo, prométeselo! –exclamó Isabelle.

La idea de ir al cine le recordó a Hugo algo que su padre le había contado. Era una historia de cuando su padre no era más que un niño, y las películas eran algo totalmente nuevo. El padre de Hugo había entrado en una habitación oscura y allí, sobre una sábana blanca, había visto cómo un cohete salía disparado y se hincaba en el ojo de la luna. Su padre le había dicho que nunca había experimentado nada semejante: había sido como ver sus propios sueños en mitad del día.

–De acuerdo, lo prometo –dijo Hugo.

Isabelle se metió bajo el brazo el libro de mitología griega que acababa de coger de una estantería.

–Nos veremos entonces, Hugo. Ahora me tengo que marchar; he de buscar una cosa.

–No abras el cua… –dijo Hugo. Pero Isabelle ya se encaminaba hacia la puerta.

–¡Adiós, Etienne! –exclamó la niña antes de salir. Luego miró a Hugo–. Te veré en el cine la semana que viene.

Y sin más, echó a andar y se perdió entre la gente que pululaba por la estación.

–Ha sido un placer conocerte, Hugo –dijo Etienne, volviéndose hacia las estanterías para examinar los libros.

Hugo hizo ademán de marcharse, pero se detuvo a medio camino. Era agradable estar en la librería: hacía calor y no se oía ningún ruido, y además a Hugo le fascinaban aquellas vacilantes pilas de libros. Decidió quedarse un poco más.

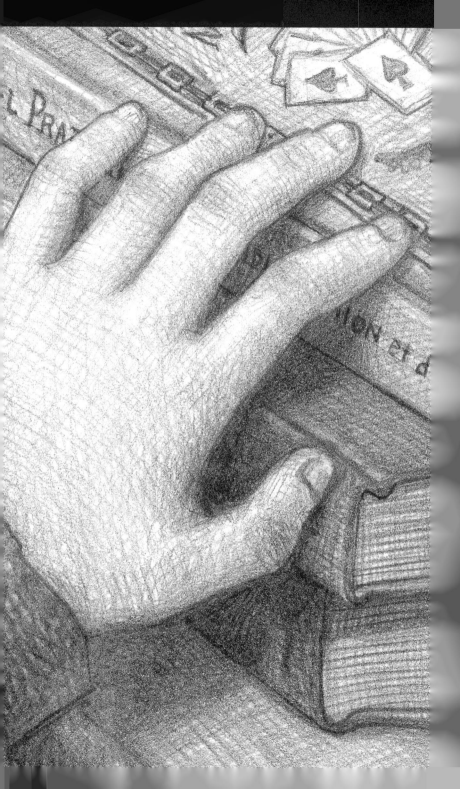

Hugo examinó el libro que le había llamado la atención. En la cubierta se veía un grabado dorado que representaba varias cartas de la baraja, y bajo el grabado podía leerse el título: *Manual práctico de magia con cartas e ilusionismo*. Sus páginas estaban llenas de esquemas en blanco y negro que explicaban cómo realizar un sinfín de trucos; Hugo reconoció muchos de ellos porque se los había visto hacer al viejo juguetero. La segunda parte del libro revelaba otros secretos, como la forma de lograr que desaparecieran cosas, de proyectar la voz o de sacar conejos de una chistera. También había otros esquemas que mostraban cómo romper papeles y hacer que se recompusieran, o cómo verter agua en un zapato sin que este se mojara.

Hugo pasó todas las páginas para ver si el libro decía algo de autómatas, pero no encontró nada. Aun así, sentía un deseo irrefrenable de poseerlo. Sabía que el señor Labisse le prestaba libros a Isabelle, pero a Hugo no le bastaba con coger prestado el libro. Deseaba quedarse con él para siempre.

Se lo metió bajo el brazo y se acercó a la puerta muy lentamente, sobando con la mano derecha los pocos botones que le quedaban en la chaqueta.

–Eh, Hugo –dijo de improviso Etienne, que estaba leyendo sentado en una banqueta–. ¿Qué llevas ahí?

Hugo se puso muy nervioso. Le hubiera gustado echar a correr, pero Etienne ya estaba junto a él. Le sacó el libro de debajo del brazo y leyó el título.

–Ajá, magia –dijo sonriendo y devolviéndole el libro–. ¿Sabes lo que tengo bajo este parche?

Hugo se preguntó si Etienne realmente esperaba que le respondiera. Lo observó: sí, parecía esperar una respuesta. Hugo titubeó y se aventuró al fin.

–¿Un ojo?

–No; perdí el ojo de niño mientras jugaba a tirar cohetes. Me explotó un petardo justo delante.

Hugo recordó aquella película que tanto le había gustado a su padre, y se preguntó durante un segundo si la luna también habría tenido que ponerse un parche después de que se le metiera el cohete en el ojo.

–Vaya –musitó, sin atreverse a hablar de aquello con Etienne.

–Bueno, entonces, ¿quieres saber lo que tengo debajo del parche, o no?

–Sí –dijo Hugo, aunque lo que quería de verdad era salir corriendo de allí.

Etienne metió los dedos bajo su parche, sacó una moneda y se la dio a Hugo.

–Este es el único truco de magia que sé hacer –dijo–. Hala, cómprate el libro.

9

La llave

Aquella noche, tras revisar y limpiar todos los relojes de la estación, Hugo abrió su libro de magia. Lo leyó de principio a fin y luego repasó las partes que más le habían gustado, tratando de memorizar párrafos enteros y ensayando algunos trucos con los objetos que almacenaba en su cuarto. Pero no podía dejar de pensar en Isabelle: incluso mientras extendía las cartas en abanico o hacía rodar una moneda por el dorso de los dedos, sus pensamientos volvían una y otra vez a la niña. Al fin cerró el libro, fatigado.

Isabelle había dicho que lo ayudaría a recuperar el cuaderno. Además, al presentarle a Etienne había descrito a Hugo como su amigo.

Sin embargo, Hugo tenía demasiados secretos para ser amigo de la niña. En los tiempos en que era amigo de Antoine y Louis, no tenía que esconderles ningún secreto. Le hubiera gustado que Isabelle desapareciera de su vida sin más.

Antes de meterse en la cama, Hugo sacó el hombre mecánico de su escondrijo y examinó todas las piezas que había robado en el tiempo que llevaba trabajando en la juguetería. De pronto sintió que una luz se encendía dentro de su cabeza y vio con total claridad que, si modificaba un poco una de las piezas, esta encajaría exactamente en la articulación del hombro. Hugo cogió su cubo de herramientas y se puso a cortar, limar y curvar el metal hasta que pudo encajarla limpiamente en su sitio.

¡Había logrado avanzar en el arreglo del hombre mecánico sin fijarse en los dibujos de su padre! Era la primera vez que lo hacía. Los latidos de su corazón se aceleraron al pensar que tal vez pudiera repararlo por completo sin ayuda. Al fin y al cabo, ¿quién sabía cuánto tiempo más pensaba obligarle a trabajar el viejo para devolverle el cuaderno? ¿Y si la niña le había mentido, y este ya no existía? Hugo no estaba seguro de ser capaz, pero decidió intentarlo al menos hasta que consiguiera recuperarlo.

La semana pasó rápidamente. Hugo estaba más cansado que nunca; apenas dormía, porque al final de cada jornada, después de revisar todos los relojes y ayudar en la juguetería, se quedaba trabajando en el autómata hasta el amanecer. Realizó grandes progresos, y pronto tuvo la seguridad de que el autómata estaba casi reparado.

Al fin llegó el día en el que había prometido encontrarse con Isabelle y Etienne en el cine. Como no quería faltar a su palabra, inventó una excusa para el viejo juguetero y salió corriendo de la estación en dirección al cine. Al llegar se dirigió a la parte trasera y vio que Isabelle ya lo estaba esperando.

–Papá Georges debe de haber escondido muy bien tu cuaderno –dijo la niña–, pero creo que sé dónde puede tenerlo.

Hugo consideró la posibilidad de volverle a decir que no lo abriera, pero luego lo pensó mejor.

–¿Por qué no le gusta que vayas al cine? –preguntó.

–No sé. Tal vez piense que es una pérdida de tiempo; nunca me ha dicho la razón. Seguro que mis padres me dejarían ir sin problemas.

Isabelle observó a Hugo como si quisiera que él le preguntara por sus padres. Pero Hugo no dijo nada, así que la niña siguió hablando sin más.

–Mis padres murieron cuando yo era muy pequeña, y como papá Georges y mamá Jeanne eran mis padrinos, me acogieron en su casa. Son muy buenos conmigo… menos cuando digo que quiero ir al cine.

Hugo siguió callado, y al cabo de un rato Isabelle volvió a hablar.

–¿Dónde estará Etienne? Suele dejarme pasar a esta hora.

Hugo se asomó cautelosamente a la fachada del edificio y buscó a Etienne con la mirada. Justo entonces, el gerente del cine, un hombre moreno con el pelo untado de brillantina, abrió la puerta principal y miró directamente a Hugo.

–¿Qué andas buscando, niño? –le preguntó. Tenía pegado al labio inferior un cigarrillo que se movía cuando hablaba.

–Estoy… estoy buscando a Etienne.

El gerente lo miró sin decir nada.

–Es un chico que tiene un parche en el ojo –añadió Hugo a modo de explicación.

–Sí, ya sé quién es Etienne –repuso el gerente alisándose el pelo con una mano. De su cigarrillo salió disparada una pelotilla de ceniza que rebotó en la cara de Hugo–. Acabo de despedirlo; parece que permitía colarse a algunos arrapiezos en la sala. Una costumbre lamentable, ¿verdad, arrapiezo?

Hugo reculó hasta doblar la esquina y fue corriendo a la puerta trasera para contarle a Isabelle lo que había pasado.

–Qué hombre tan desagradable. Bueno, da igual. Sígueme –dijo ella cuando el niño acabó su relato.

Isabelle se acercó a la puerta trasera y se sacó una horquilla del bolsillo. Hugo observó cómo hurgaba con ella en la cerradura hasta que la puerta se abrió con un leve chasquido.

–¿Cómo aprendiste a hacer eso? –preguntó Hugo.

–En un libro.

Isabelle asomó la cabeza al interior del cine para asegurarse de que no había nadie vigilando y abrió la puerta para que Hugo pasara. Los dos niños entraron en la parte trasera del vestíbulo y pasaron junto a una vitrina que mostraba fotografías de los siguientes estrenos. Isabelle se detuvo delante de ella un momento para observar una imagen en blanco y negro en la que aparecía una actriz con los ojos muy oscuros.

–A veces pienso que estas fotos me gustan tanto como las películas –susurró–. Con ellas puedo imaginar mis propias historias.

Hugo se acercó para contemplarla más de cerca, pero Isabelle dio un respingo:

–¡Corre, que viene el gerente!

Los dos niños se escabulleron a toda prisa por la puerta de la sala, se hundieron en los mullidos asientos de terciopelo rojo de la última fila y esperaron a que comenzara la película.

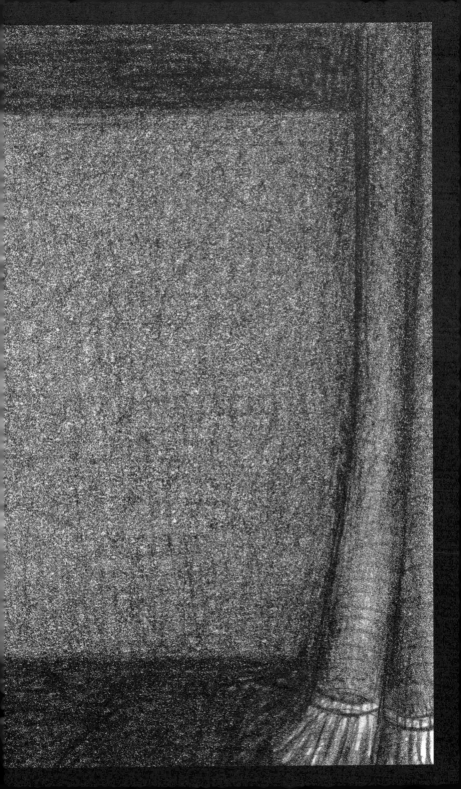

Al ver la pantalla en blanco, Hugo pensó que parecía una hoja de papel sin estrenar. Le encantaba escuchar el zumbido del proyector que flotaba por la sala.

Antes de la película se proyectaba el Nodo, una especie de noticiario. El Nodo de aquel día trataba de la Gran Depresión de Estados Unidos, de una Exposición Universal que se inauguraría en París unos meses más tarde (Hugo pensó que le gustaría mucho ir, aunque sabía que era imposible) y de la situación política en Alemania. Y al fin, después del noticiario, comenzó una historieta de dibujos animados. Se llamaba *La relojería*, y trataba de un hombre que recorría las calles al anochecer encendiendo farolas de gas. En cierto momento, el hombre pasaba junto a una relojería en la que todos los relojes estaban vivos y bailaban al compás de una pieza de música clásica. Hugo pensó que a su padre le habría encantado. Al final, la música sonaba cada vez más rápido y dos despertadores se enzarzaban en una pelea. El telón del cine se cerró frente a la pantalla, y todo el mundo aplaudió mientras el proyeccionista cambiaba los rollos de película. Al cabo de unos minutos, el telón se abrió de nuevo para dar paso al plato fuerte, una película titulada *El millón*, cuyo director era un tal René Clair. Trataba de un pintor, un billete de lotería perdido, un delincuente, una chaqueta regalada y un cantante de ópera, y acababa con la escena de persecución más emocionante que Hugo hubiera podido soñar. Al verla, Hugo pensó que todas las películas deberían terminar con una persecución tan animada como aquella.

El tiempo se les pasó en un suspiro, y cuando las luces se encendieron, Hugo deseó con todas sus fuerzas que aquella tarde no terminara.

Isabelle y él se miraron, con las imágenes que acababan de ver aún titilando en los ojos. Los espectadores salieron ordenadamente de la sala hasta que los dos niños se quedaron solos en la última fila. Hugo contempló la pantalla como si todavía pudiera ver el chorro de luz del proyector y oír su suave zumbido.

De improviso, dos fuertes manos agarraron a los niños por el cuello de las camisas y los obligaron a levantarse.

–¿Cómo habéis entrado, mocosos? –aulló el gerente del cine.

Notando cómo les caían copos de ceniza en el pelo, los dos niños agarraron rápidamente sus chaquetas antes de que el gerente los sacara del cine a empellones.

–¡Espero no volveros a ver por aquí! –gritó el gerente cuando Hugo e Isabelle ya estaban de pie en la húmeda acera. Luego cerró las puertas acristaladas, se sacudió las manos y se quedó mirando con expresión airada cómo los niños escapaban a todo correr, atusándose el pelo para sacudirse la ceniza.

Cuando perdieron de vista el cine, Hugo e Isabelle aminoraron el paso. Soplaba un viento frío que los hacía tiritar.

Isabelle le habló a Hugo de sus películas preferidas: comedias, películas de dibujos animados e historias de indios y vaqueros cuyo protagonista era un tal Tom Mix. También le gustaba una actriz llamada Louise Brooks, hasta el punto de que había copiado su corte de pelo. Y había visto muchas otras películas de aventuras, de misterio, de amor, fantásticas… Isabelle recitaba nombres como Charlie Chaplin, Jean Renoir o Buster Keaton. Hugo había visto algunas películas de Buster Keaton y dos de Charlie Chaplin, pero, por alguna extraña razón que ni él mismo comprendía, no se lo contó a Isabelle. En vez de hacerlo, la escuchó sin decir nada.

Pronto llegaron a la estación. Cuando estaban entrando en la gran sala de espera, Hugo vio a un hombre que miraba muy atento el reloj principal de la sala y tomaba notas en un cuaderno.

Era el inspector de la estación.

Hugo agarró a Isabelle del brazo y la obligó a agazaparse con él tras un banco cercano. Luego se asomó un poco, manoseando los botones de su chaqueta.

–¿Se puede saber qué haces? –dijo Isabelle incorporándose.

Pero Hugo estaba abstraído y no contestó. ¿Se habría dado cuenta el inspector de que su tío había desaparecido? Hugo no quería ir al orfanato de ninguna manera: estaba muy cerca de terminar la reparación del hombre mecánico. Se sintió culpable por haber ido al cine; nunca hubiera debido acceder a abandonar la estación.

Los pensamientos pasaban vertiginosos por su mente. Tenía que internarse de inmediato en los pasadizos de las paredes para revisar todos los relojes, pero Isabelle no paraba de hablar. Cuando el inspector de la estación se dio la vuelta y echó a andar, Hugo se incorporó y empezó a caminar en dirección opuesta.

–¡Hugo, contéstame! –dijo Isabelle agarrándolo del brazo–. No te vayas así.

–Tengo que marcharme.

–¿Pero adónde? Eso es precisamente lo que te estaba preguntando. ¿Dónde vives, Hugo?

Hugo se detuvo en seco y clavó sus ojos en los de Isabelle.

–No sé nada de ti –dijo la niña–. Tú sabes dónde vivo, sabes lo que les pasó a mis padres. Si quieres que seamos amigos, tendré que saber alguna cosa sobre ti. ¿Por qué no quieres contarme nada?

Apenas la niña hubo acabado de hablar, Hugo echó a correr sin previo aviso.

–¡Hugo! –gritó Isabelle–. ¡Para! ¡Espérame, Hugo!

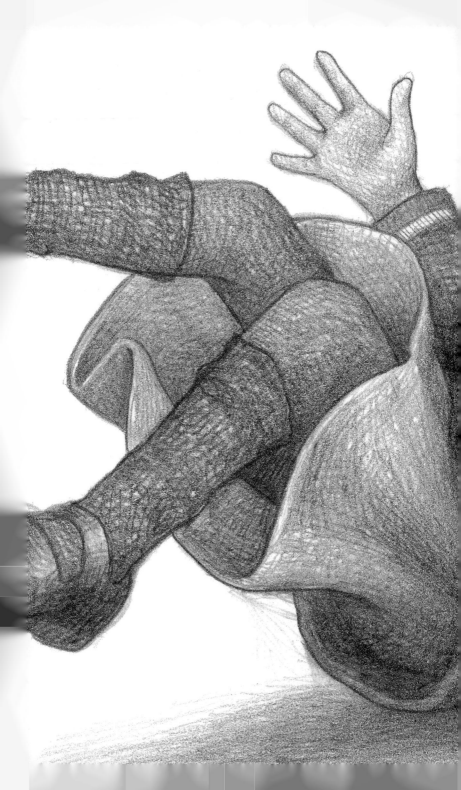

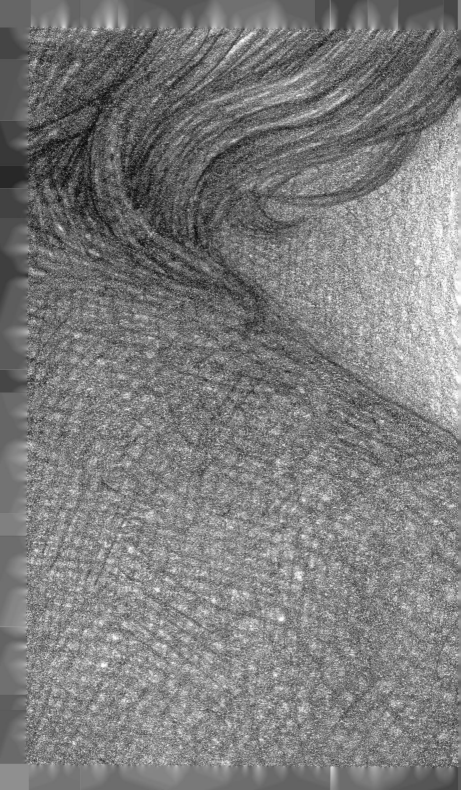

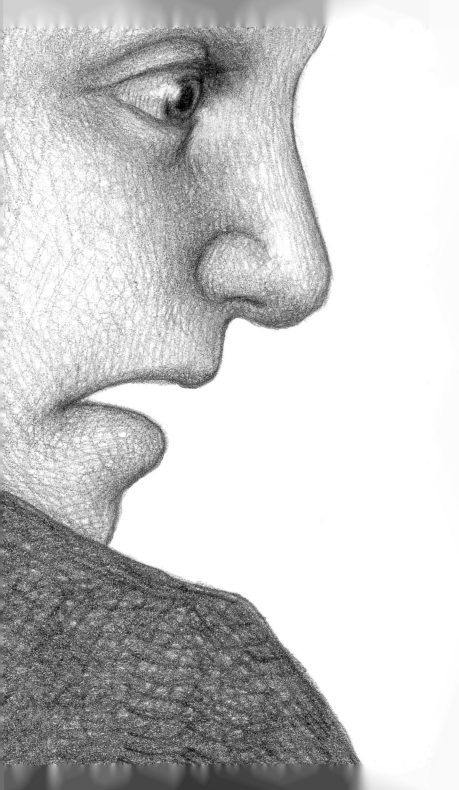

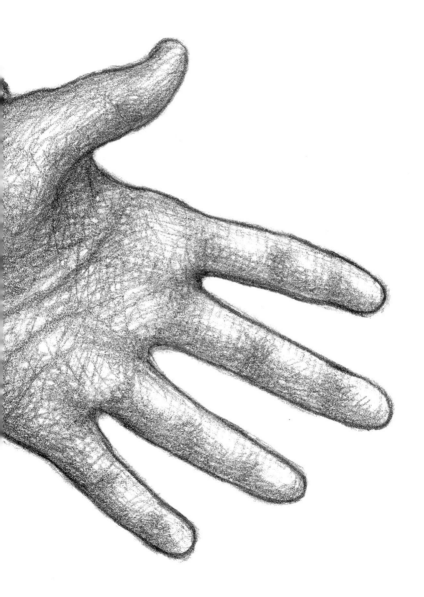

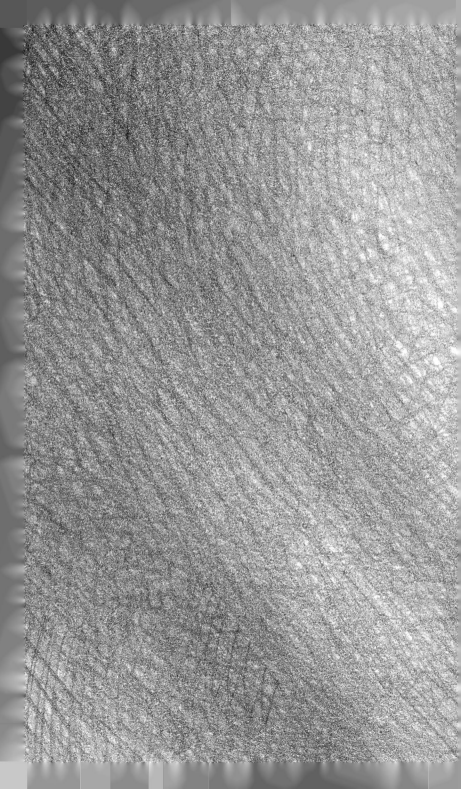

Hugo la ayudó a levantarse, con los ojos clavados en la llave que llevaba al cuello. Isabelle reparó en ello y volvió a metérsela bajo el vestido.

–¿De dónde has sacado esa llave? –susurró Hugo.

–Dime dónde vives.

Los dos se quedaron callados.

Ahora fue Isabelle la que echó a correr de improviso y Hugo quien salió en su persecución. Al cabo de un rato, Isabelle se detuvo sin aliento junto a la cantina y se sentó en una de las mesas que había fuera. Hugo se sentó a su lado. Una paloma de las que vivían dentro de la estación se acercó a su mesa y comenzó a picotear las migas que salpicaban el suelo.

–¿Por qué te interesa tanto mi llave? –preguntó Isabelle.

–Primero dime de dónde la has sacado.

El ensordecedor silbido de una locomotora de vapor inundó la estación ahogando por un momento todos los demás ruidos. Hugo dio un respingo al oírlo, como le ocurría siempre. Los dos niños se miraron de hito en hito hasta que la cantinera se acercó para decirles que se marcharan si no pensaban consumir. Cada uno se fue por su lado, sin despedirse siquiera.

10

El cuaderno

AL DÍA SIGUIENTE, Hugo llegó tarde a la juguetería. Cuando al fin apareció por el vestíbulo, iba atusándose el sucio pelo y frotándose los ojos legañosos.

El viejo lo vio acercarse, dejó su baraja en el mostrador y echó a andar hacia él a grandes zancadas. Hugo levantó la mirada y se dio cuenta de que tenía la cara congestionada.

Sin darle tiempo a reaccionar, el viejo juguetero se abalanzó sobre él como una locomotora de vapor y le aferró el brazo.

–¡Devuélvemelo! –siseó con furia.

–¿Qué? –respondió Hugo, atónito.

–¿Cómo te atreves a colarte en mi casa, mocoso?

–¡No sé de qué me habla! –replicó Hugo.

–¿Dónde está? ¿Dónde está el cuaderno? –inquirió el viejo–. ¿Cómo pudiste entrar en mi casa? ¡Eres un estúpido, niño! ¿No ves que te iba a devolver el cuaderno? ¡Te perdoné, te di otra oportunidad! Y tú, ¿cómo me lo pagas? ¡Con más robos, más mentiras! No creas que no me di cuenta de que sisabas piezas de los juguetes. Y aun así, no te dije nada. Mantenías limpia la tienda, se te daba bien reparar los juguetes estropeados. Me ayudabas. ¡Hasta disfrutaba de tu compañía! ¿Por qué has tenido que meterte en mi casa, cómo te has atrevido a robarme? Me asombra que tengas el descaro de presentarte hoy aquí. Me has fallado, me has decepcionado por completo.

El viejo empezó a toser y se tapó la boca con una mano, mientras le indicaba a Hugo con la otra que se marchara. En aquel momento, Hugo vio que la cara de Isabelle aparecía sobre el hombro del viejo: había estado sentada en el fondo de la tienda todo el tiempo. La niña se acercó un poco al mostrador y levantó ligeramente una mano.

Tenía agarrado el cuaderno.

–Déjeme despedirme de Isabelle, al menos –le dijo Hugo al viejo juguetero.

Isabelle ocultó el libro tras su espalda.

El viejo miró fijamente a Hugo, humedeciéndose los labios.

–¡No! –respondió al fin–. ¡Vete, márchate ahora mismo!

Sin hacerle caso, Hugo se metió tras el mostrador y se acercó a la niña corriendo.

–¡Te dije que no lo había quemado! –susurró ella–. ¿Qué quieren decir los dibujos?

–Te pedí que no miraras dentro. Dámelo.

–No.

Isabelle se metió el cuaderno en un bolsillo y lo protegió con la mano.

Hugo miró hacia atrás. El viejo se acercaba a él a toda velocidad. De improviso, Hugo rodeó con los brazos el cuello de Isabelle y la abrazó con todas sus fuerzas. La niña se quedó petrificada por la sorpresa.

–¡Suéltala! –exigió el viejo, aferrando el hombro de Hugo.

Hugo se separó de Isabelle, se agachó para librarse del agarrón y echó a correr por el vestíbulo sin mirar atrás.

11

Artículos robados

CON LOS OJOS ANEGADOS EN LÁGRIMAS, Hugo se abrió paso entre la multitud hasta llegar a una rejilla de ventilación. Se internó en los corredores secretos, fue corriendo a su cuarto y al llegar cerró la puerta y encendió unas cuantas velas. Luego se abalanzó sobre las cajas que tapaban el escondrijo del hombre mecánico, las apartó y sacó el autómata.

Había trabajado muchísimo en él a lo largo de la semana anterior. Al fin había logrado reparar todas las piezas rotas, y también había pulido las que estaban demasiado herrumbrosas para moverse. Le había hecho un traje nuevo y había engrasado todas las partes del mecanismo. Para terminar, le había fabricado con sus propias manos una pluma nueva y un plumín a medida.

Hugo agarró una vela y la puso al lado del hombre mecánico para verlo mejor.

En medio de la espalda tenía un agujero con los bordes forrados de plata. Un agujero en forma de corazón.

Hugo tenía cerrada la mano derecha desde que había salido corriendo de la juguetería, hacía un rato. Ahora su puño se abrió tan lentamente como los pétalos de una flor.

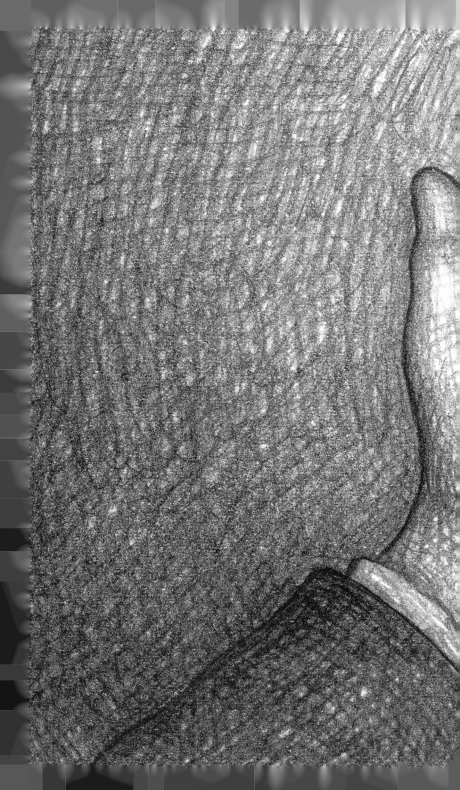

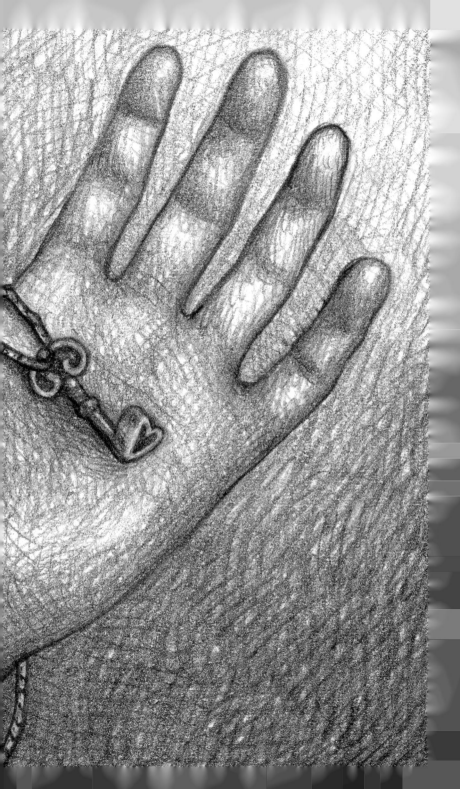

Hugo dirigió la mirada al libro que reposaba junto a su cama: *Manual práctico de magia con cartas e ilusionismo*. Había estudiado aquel libro con mucha atención, y ya sabía hacer prácticamente todos los trucos mágicos que describía. Mientras ensayaba se había dado cuenta de que la magia se le daba bastante bien: si disponía de instrucciones detalladas, le resultaba fácil trasladar su talento con los mecanismos a los trucos de magia. Así, Hugo había llegado a comprender la conexión entre la cronometría y la magia de la que le había hablado su padre. No se trataba únicamente de que los relojeros comprendieran el funcionamiento de los mecanismos; también tenía que ver con su destreza manual, con la capacidad de mover los dedos de forma casi inconsciente, como si los propios dedos supieran lo que tenían que hacer. Los dedos de Hugo eran capaces de lograr cosas sorprendentes: había descubierto que podía hacer que las cartas levitaran, convertir canicas en ratones o romper en pedazos trozos de papel y recomponerlos luego. Pero lo que más le importaba en aquel momento era otra habilidad: la de dar un abrazo de despedida a Isabelle y hacer que su colgante desapareciera sin que ella se diera cuenta.

12

El mensaje

LAS MANOS DE HUGO TEMBLABAN de forma incontro-
lada.

Había logrado reparar el autómata por completo,
pero le faltaba la llave para darle cuerda. La llave original debía de haber desaparecido en el incendio, y hasta
entonces Hugo no había sido capaz de encontrar en el
suelo de la estación o en la juguetería del viejo ninguna
otra que pudiera encajar en el agujero del autómata.
Pero cuando vio la llave que Isabelle llevaba a modo de
colgante, supo de inmediato que serviría para dar cuerda
al hombre mecánico. Y ahora la tenía en su poder.

Hugo introdujo la llave en el agujero con forma de corazón. Sus sospechas se confirmaron: encajaba perfectamente. Los pensamientos de Hugo empezaron a dar vueltas como un torbellino. Al fin podría recibir el mensaje que tanto anhelaba.

Pero justo cuando iba a dar el primer giro a la llave, se oyó un ruido y la puerta de su cuarto se abrió violentamente sin que Hugo tuviera tiempo de ocultar el autómata. Una silueta oscura se abalanzó sobre él y lo derribó antes de que pudiera chillar siquiera. Al caer, su cabeza golpeó el suelo con dureza.

–¡Me robaste la llave!

–¿Qué haces aquí? ¡No puedes entrar en mi cuarto! –chilló Hugo.

–¿Por qué me robaste la llave, después de todo lo que hice para ayudarte? Conseguí tu cuaderno, ¡te lo iba a dar! Lo único que pensaba pedirte a cambio era que me contaras para qué lo necesitabas. Debería quemarlo, ¿sabes?

–¡Fuera de aquí! –siseó Hugo, acercando su cara a la de Isabelle–. ¡Lo estás echando todo a perder! ¡Déjame en paz!

Recurriendo a todas las fuerzas que le quedaban, Hugo apartó a la niña, se puso en pie y la empujó hacia la puerta para obligarla a salir.

Pero ella le plantó cara y pronto volvió a derribar a Hugo, le aprisionó el tronco entre las rodillas y apretó tanto que él gritó de dolor. Luego le agarró las muñecas con las manos. Los dos niños estaban jadeantes.

–¿Dónde estamos? –preguntó Isabelle–. ¿Quién eres?

La luz de las velas se reflejaba en sus fieros ojos negros.

–¡Es un secreto! No puedo decirte nada.

–¡Ya no es ningún secreto! ¿No ves que estoy aquí? Y ahora, dime dónde estamos. ¿Qué es este lugar?

Isabelle apretó las rodillas un poco más y Hugo se estremeció por el dolor.

–Es mi casa –dijo al fin, mirando a la niña con desprecio. Ella no se inmutó–. ¿No era eso lo que querías saber? Bueno, pues ahora ya te lo he dicho.

–¿Por qué voy a creerte? –repuso ella en voz muy baja–. No haces más que mentir y robar. ¿Dónde está mi llave?

La luz de las velas era tan tenue que Isabelle aún no había advertido al hombre mecánico que había al lado. Hugo se debatió en un último intento de liberarse, pero no le sirvió de nada.

Isabelle miró a su alrededor por primera vez y al fin vio el autómata. Se levantó para acercarse un poco a él, sin soltar una de las muñecas de Hugo.

–¡Es lo que había dibujado en tu cuaderno! –exclamó, volviéndose hacia el niño–. ¿Qué pasa aquí?

Los engranajes imaginarios de la cabeza de Hugo empezaron a girar.

–Lo construyó mi padre antes de morir –dijo, sin saber bien por qué mentía.

–¿Cómo es posible que mi llave sirva para dar cuerda a un muñeco que construyó tu padre? No, eso es absurdo.

A Hugo no se le había ocurrido pensar en aquello.

–No lo sé –respondió–. Pero supe que tu llave encajaría en cuanto la vi.

–Y me la robaste.

–No se me ocurrió ningún otro modo de conseguirla.

–¡Podrías habérmela pedido! –dijo Isabelle, apartándose el pelo de la cara con la mano libre–. ¿Y qué ocurre cuando le das cuerda al hombre?

–No sé. Nunca había podido darle cuerda hasta hoy.

–Bueno, y entonces, ¿qué haces ahí plantado? ¡Venga, ponlo en marcha!

–No –dijo Hugo.

–¿Cómo que no?

–Quiero… quiero estar solo cuando lo haga.

Isabelle miró a Hugo, todavía muy enfadada. De pronto le soltó la muñeca, lo apartó de un empujón, agarró la llave y empezó a dar vueltas.

Hugo gritó para impedírselo, pero ya era demasiado tarde.

–¡Necesita tinta! –dijo el niño, resignado. Agarró un frasco lleno de tinta que había en una caja y echó unas gotas en el pequeño tintero que el autómata tenía en la mano.

Los dos observaron cómo empezaban a moverse los engranajes de relojería del autómata, sus palancas y sus bielas. Los mecanismos zumbaban, rotaban, giraban, y el corazón de Hugo latía cada vez más fuerte. Le daba igual que Isabelle estuviera a su lado; lo único que le importaba ahora era el mensaje que estaba a punto de recibir.

Una cascada de movimientos perfectos, con cientos de pequeñas acciones de brillante precisión, recorrió el interior del hombre mecánico. La llave servía para apretar un muelle de espiral; este, a su vez, accionaba una serie de engranajes que se extendían hasta la base de la figura. El último de ellos hacía girar varios discos de metal cuyos bordes troquelados mostraban unas intrincadas melladuras; y, pegados a los discos, había dos artilugios parecidos a martillos diminutos que subían y bajaban siguiendo sus accidentados contornos. Los silenciosos movimientos de aquellos martillitos se transmitían a una serie de varillas que se internaban en el torso del hombre mecánico y accionaban los complicados mecanismos del hombro y el cuello. Estos movían los engranajes del codo, cuyos giros desembocaban en la muñeca y, por último, en la mano del autómata. Hugo e Isabelle observaron boquiabiertos cómo, muy lentamente, la cabecita del hombre mecánico bajaba para mirar el papel...

Los niños contuvieron el aliento. El hombrecillo metió el plumín en el tintero y comenzó a escribir.

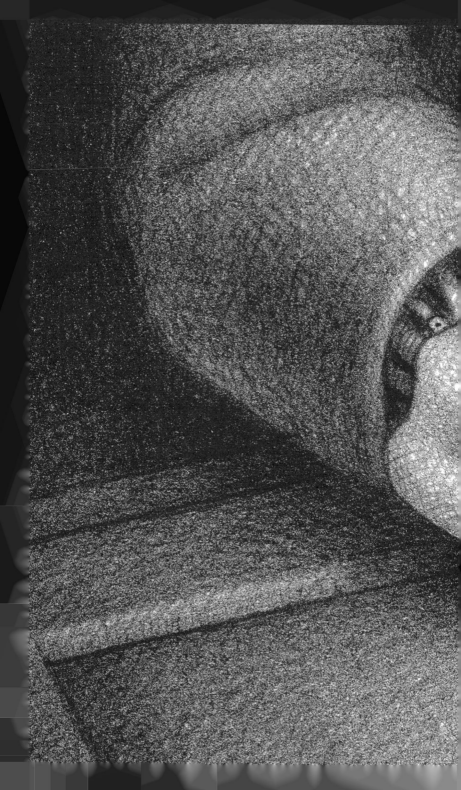

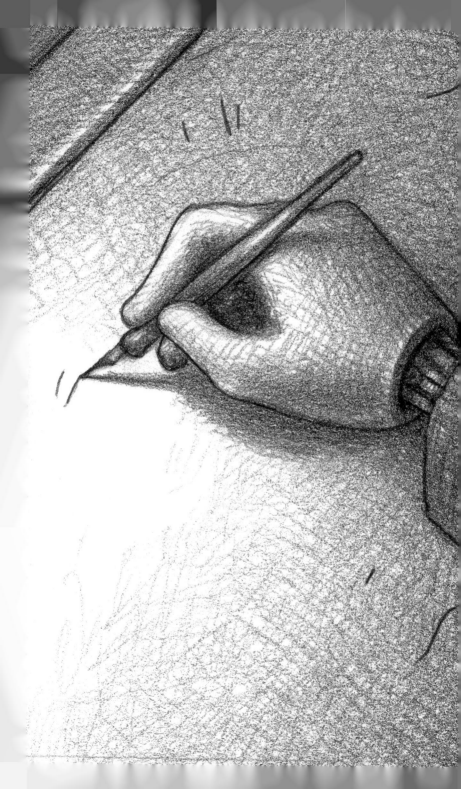

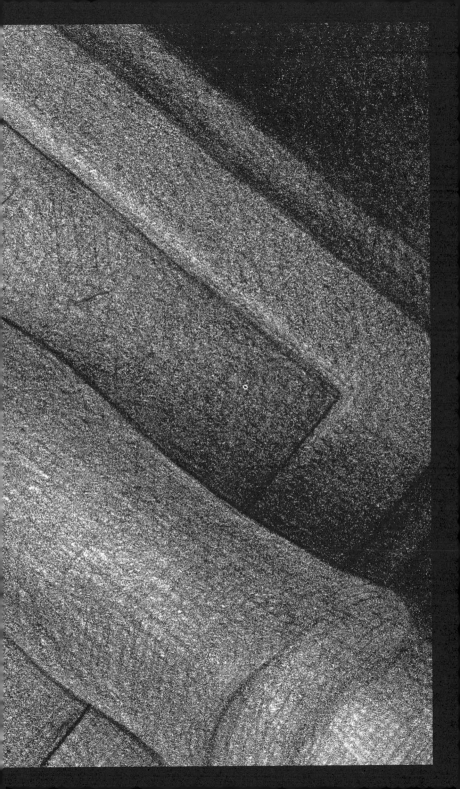

Hugo e Isabelle intentaron desesperadamente leer el mensaje, pero el autómata no trazaba letras, palabras ni frases. Lo único que aparecía bajo el plumín eran líneas confusas a inconexas. El hombre mecánico no escribía nada inteligible.

A Hugo le invadió una furia tal que a punto estuvo de arrebatarle la pluma. «No he conseguido arreglarlo», pensó. Había pasado algo por alto, algo que lo había hecho fracasar.

–Devuélveme el cuaderno –le dijo a Isabelle.

Sorprendida por la ira reconcentrada que parecía dominarlo, la niña se metió la mano en el bolsillo, sacó el cuaderno y se lo ofreció. Hugo lo agarró y lo abrió con ansia. Al fin podía comparar su trabajo con los esquemas que había dibujado su padre.

Miró alternativamente el cuaderno y el autómata: no parecía haber fallado en nada. El autómata tenía que funcionar, debía funcionar.

De pronto, Hugo se sintió estúpido por haber pensado que iba a ser capaz de arreglarlo y, sobre todo, por haber creído que el autómata iba a transmitirle un mensaje de su padre.

Todos sus esfuerzos habían sido en vano.

Hugo sintió como si él también fuera un mecanismo estropeado.

Se retiró a un rincón oscuro del cuarto, dejó el cuaderno sobre un estante y se tapó la cara con las manos.

Pero el hombre mecánico seguía moviéndose.

De cuando en cuando mojaba el plumín en el tintero y seguía trazando líneas. Isabelle lo observaba sin moverse, contemplando cómo los trazos se acumulaban uno tras otro en la hoja de papel. Los movimientos del hombre mecánico eran tan naturales que incluso volvía la cabeza hacia el tintero cada vez que reponía la tinta del plumín.

Y entonces sucedió algo increíble.

Isabelle sofocó un grito. Hugo se dio la vuelta para mirarla y luego se acercó corriendo a ella.

Se dio cuenta de inmediato. El hombre mecánico no se limitaba a garrapatear: las líneas que había trazado, vistas en conjunto, estaban empezando a cobrar sentido, como una imagen distante que se hiciera cada vez más clara.

El autómata no escribía…: ¡dibujaba!

Hugo reconoció a primera vista la imagen que estaba apareciendo bajo el plumín y sintió que un escalofrío le recorría la espalda.

ESTO DEBERÍA SER EL FIN DE NUESTRA HISTORIA. Ahora ya saben cómo Hugo llegó a descubrir el misterioso dibujo del que les hablé al principio de este libro: estaba escondido en el interior de una máquina muy valiosa para él, esperando a que lo liberara con una llave robada. En este punto se cierran el telón y la historia, y aparece un fundido en negro.

Pero también comienza un nuevo relato. Porque todas las historias llevan a otras. Y esta nos lleva muy lejos, tan lejos como la luna.

PARTE
SEGUNDA

1

La firma

HUGO SE SENTÓ TEMBLOROSO junto al hombre mecánico. Reconocía la imagen, ¿cómo no iba a reconocerla?
Su padre le había hablado de ella: era una escena de su
película favorita. De modo que la corazonada de Hugo
había dado en el blanco: el autómata le enviaba un mensaje de su padre. Lo que no sabía era lo que quería decir.

Pero el hombre mecánico no había terminado aún.
Parecía haberse detenido en mitad de una línea, como
si quisiera descansar. Hugo contempló cómo mojaba el
plumín una vez más en el tintero, acercaba la mano de
nuevo al papel, la posaba en la esquina inferior derecha… y firmaba.

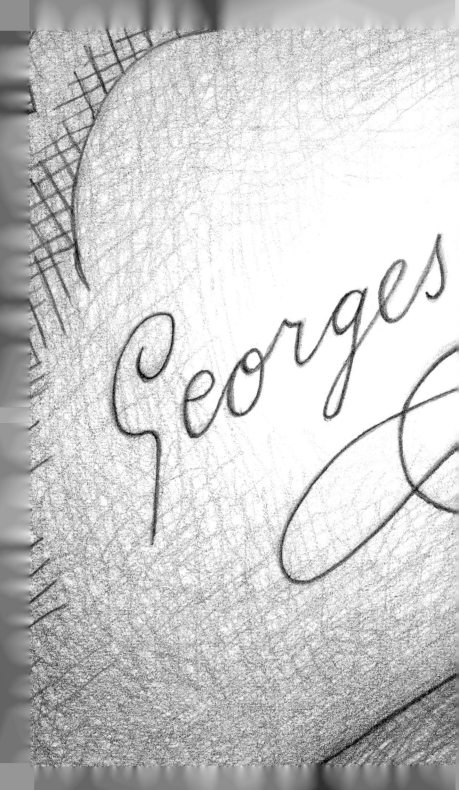

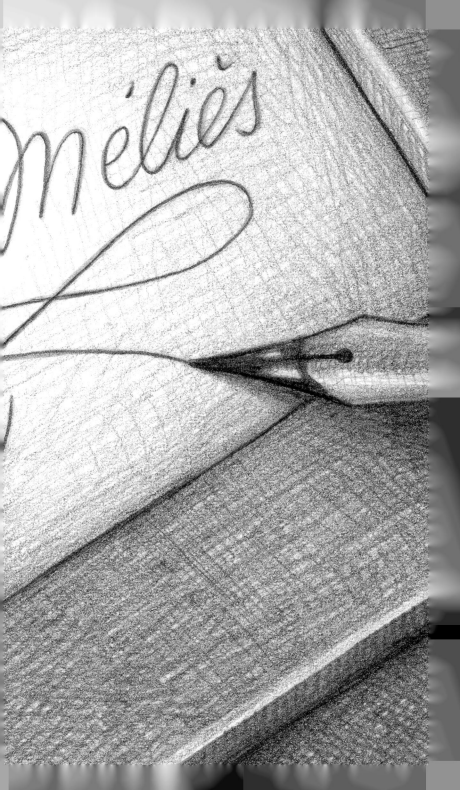

–¡Pero si ese es el nombre de papá Georges! –exclamó Isabelle, atónita–. ¿Cómo es posible que el autómata de tu padre haga la firma de papá Georges?

La niña se volvió hacia Hugo con expresión confusa, pero de pronto su mirada de perplejidad se tiñó de furia.

–Me has vuelto a mentir. No fue tu padre quien construyó esta máquina.

Hugo tenía la mirara perdida en el vacío. Aquello no tenía ni pies ni cabeza.

–¿Me oyes, Hugo? ¡Te estoy diciendo que este autómata no es de tu padre!

Hugo dirigió lentamente la mirada hacia Isabelle y se enjugó las lágrimas.

–Sí que lo es –dijo en un susurro.

–Entonces, ¿por qué ha hecho la firma de papá Georges? ¿Por qué le hemos dado cuerda con mi llave?

–No lo sé –respondió Hugo.

–¡Eres un mentiroso! –chilló Isabelle–. Seguro que robaste el autómata, ¡seguro que se lo robaste a papá Georges! Me apuesto algo a que el cuaderno tampoco es tuyo. Lo has debido de robar en algún sitio.

–¡No lo he robado!

–No eres más que un mentiroso.

–El cuaderno era de mi padre. Él hizo todos los dibujos.

–No me creo ni una palabra de lo que dices, Hugo.

Isabelle agarró la llave que sobresalía de la espalda del hombre mecánico, tiró para sacarla, se pasó la cadena en torno al cuello y agarró el dibujo de la luna y el cohete.

–¿Se puede saber qué haces? –dijo Hugo, intentando arrebatarle el papel–. Devuélveme el dibujo.

–Está firmado con el nombre de mi padrino. Es mío.

Los dos tironearon de la hoja hasta que se rasgó por el medio. Isabelle se quedó anonadada por un momento, pero en seguida se rehízo. Agarró su mitad y echó a andar hacia la puerta.

Hugo se guardó en el bolsillo la otra mitad de la hoja y siguió a Isabelle, dejando al hombre mecánico en mitad del cuarto.

–¿Adónde vas, Isabelle? –chilló.

–Voy a preguntarle a mamá Jeanne qué está pasando aquí. ¡Y no se te ocurra seguirme!

Los dos niños cruzaron corriendo la estación. Era tarde, y no quedaba casi nadie en el edificio. El viejo juguetero aún no había cerrado la tienda, e Isabelle se apresuró para llegar a su casa antes que él.

–¡Déjame en paz, Hugo Cabret! –gritó la niña.

Pero Hugo no se arredró. Sabía que hubiera debido meter de nuevo el hombre mecánico en su escondrijo y que hacía falta revisar los relojes con urgencia, pero no tenía tiempo. Mientras salía tras Isabelle por la puerta de la estación, deseó con todas sus fuerzas que el inspector se hubiera marchado a dormir a su casa aquella noche.

Los dos niños recorrieron a toda prisa las oscuras calles del barrio y cruzaron al trote el cementerio que había frente a la casa de Isabelle.

–¿De dónde sacaste la llave? –dijo Hugo cuando casi habían llegado–. Dime eso, al menos.

–No –respondió ella.

–¿La encontraste? ¿Te la regaló alguien?

Haciendo un esfuerzo, Hugo alcanzó a Isabelle, la agarró del hombro y la obligó a volverse hacia él. Los ojos de los dos niños se encontraron.

–¡Que me dejes en paz, te digo!

Isabelle abrió el portal de su casa y apartó a Hugo con brusquedad. Él agarró el borde de la puerta con una mano para impedir que la cerrara.

–Quita la mano de ahí –masculló Isabelle. Luego cogió impulsó y empujó la puerta con todas sus fuerzas, pillando los dedos de Hugo. Se oyó un crujido siniestro y Hugo chilló de dolor; Isabelle se puso a chillar también y abrió de nuevo la puerta.

–¿Qué pasa ahí abajo? –gritó la madrina de Isabelle por el hueco de la escalera.

–¿Por qué no quitaste la mano? –susurró Isabelle, furiosa.

–¿Qué pasa, Isabelle? ¿Con quién hablas?

La niña intentó sacar a Hugo del portal a empellones; pero cuando advirtió cómo se protegía la mano herida metiéndola bajo el otro brazo, se compadeció y lo dejó subir, cabizbaja. Por la cara de Hugo corrían lágrimas incontenibles. Al llegar a la puerta del apartamento, Isabelle se quitó los zapatos y ayudó a Hugo a quitarse los suyos.

–Mis padrinos no quieren que nadie entre calzado en casa –susurró–. Y no digas nada del hombre mecánico ni de la llave; yo le preguntaré por ellos a mi madrina cuando estemos solas.

La madrina de Isabelle apareció en el umbral, acariciando el broche de plata con el que se cerraba la blusa.

–¿Quién es este niño?

–Se llama Hugo, mamá Jeanne.

–¿Es el que trabajó unos días para papá Georges, el que le robó?

–Se ha pillado los dedos en el portal.

–Ya, ¿pero qué hace aquí?

A pesar de su aparente dureza, antes de que Isabelle pudiera contestar, la vieja señora hizo pasar a Hugo hasta su dormitorio.

–Ven aquí, muchacho. Acércate a la luz para que pueda verte bien la mano –dijo.

La madrina de Isabelle quitó un montón de calcetines a medio zurcir de una silla que había junto a un enorme armario y le indicó a Hugo que se sentara en ella. Luego le cogió la mano e intentó enderezarle los dedos, lo que hizo chillar a Hugo de nuevo.

–Te has machacado la mano, jovencito.

La vieja señora salió de la habitación y volvió al cabo de un momento con unos trozos de hielo envueltos en un trapo.

–Toma, ponte esto en los dedos –le dijo a Hugo, ofreciéndole el trapo. Luego se volvió hacia Isabelle–. Pensé que esta noche ibas a volver con papá Georges.

Hugo seguía furioso con Isabelle por no haberle confesado a su padrino que había sido ella quien había robado el cuaderno. Y ahora, después de lo que le había hecho en la mano, Hugo pensó que la niña debía confesar su culpabilidad ante su madrina, al menos. Sin embargo, Isabelle lo miraba sin decir nada. Hugo hizo una mueca de dolor al posar el hielo sobre sus magullados dedos, que tenía apoyados en el regazo. Con la mano buena se rebuscó en el bolsillo, sacó su mitad del dibujo y carraspeó para llamar la atención de mamá Jeanne.

–Hay algo que queremos preguntarle –dijo.

–¡No, Hugo! ¡Te dije que no le preguntaras nada ahora! –chilló Isabelle, intentando arrebatarle el dibujo antes de que lo cogiera su madrina. Pero ya era tarde: la vieja señora lo tenía agarrado.

–¿De dónde habéis sacado esto? –preguntó en un susurro espantado.

–Dale la otra mitad, Isabelle –le ordenó Hugo.

Isabelle se metió la mano en el bolsillo de mala gana, sacó su trozo de dibujo y se lo ofreció a su madrina.

Mamá Jeanne juntó las dos mitades y miró alternativamente al dibujo y a los dos niños.

–Lo hizo un hombre mecánico –explicó Hugo.

–No puede ser. No lo entiendo –replicó la vieja señora, con los ojos anegados en lágrimas.

–Un hombre mecánico que es mío –añadió Hugo.

–Querrás decir que lo robaste –replicó Isabelle.

–¿Tienes tú el autómata? Pero eso es… es imposible –dijo mamá Jeanne.

–Lo encontré.

–¿Qué quieres decir con eso?

–Lo encontré tras el incendio del museo –dijo Hugo–. Lo arreglé con piezas que cogí de la juguetería de su marido. Y le di cuerda con la llave de Isabelle.

–¿Qué llave?

Isabelle palideció.

–¿Qué llave, Isabelle? –insistió mamá Jeanne.

Muy lentamente, Isabelle se metió la mano por el cuello del vestido y sacó la cadena de la que pendía la llave.

–¡Mi llave! –gritó su madrina–. ¡Creí que la había perdido!

–Lo… lo siento, yo creí… –balbuceó Isabelle con la voz rota.

–¿Entonces, la robaste? –exclamó Hugo, asombrado.

–Nunca te he cogido ninguna otra cosa, te lo juro, mamá Jeanne –dijo Isabelle–. Es que la llave me pareció tan bonita… Por favor, no te enfades conmigo. Pensé que no te darías cuenta.

–¡Virgen santa! –exclamó la vieja señora, apartándose un mechón de pelo de la cara–. ¡Estoy rodeada de ladrones!

Al fin, mamá Jeanne logró reponerse, se secó los ojos y dejó en una mesita las dos mitades del dibujo; al verlas, Hugo alargó rápidamente la mano sana y las cogió.

–Llévate ese dibujo y no lo traigas más –dijo mamá Jeanne con gesto repentinamente severo, alisándose el mandil–. No pienso ponerme a escarbar en el pasado. Y pase lo que pase, no se os ocurra enseñárselo a papá Georges. Isabelle, vuelve a meterte la llave dentro del vestido; no quisiera que la perdieras por nada del mundo.

La vieja señora se secó los ojos una vez más e Isabelle ocultó la llave, con los labios curvados en una levísima sonrisa.

–Por favor, díganos qué es lo que pasa –le rogó Hugo.

–No. Solo te diré que debo proteger a mi marido, y la mejor forma de hacerlo es que los tres nos olvidemos de todo esto. Hazme caso: no podemos volver hablar de esto nunca más.

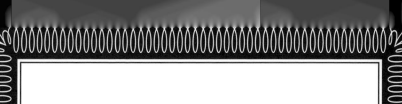

2

El armario

En aquel momento se oyó el ruido de la puerta de entrada. El viejo juguetero tosió unas cuantas veces en el recibidor, y su mujer se volvió rápidamente hacia Hugo:

–No quiero que se entere de que estás aquí. Quédate quieto, deja que cene en paz y luego te ayudaré a salir por la ventana del baño. Y ahora, por favor, estaos callados.

La mirada de mamá Jeanne se posó por un instante en el armario. No fue más que un segundo, pero tanto Hugo como Isabelle se dieron cuenta perfectamente y se miraron con expresión cómplice mientras la madrina de la niña salía de la habitación.

Al cabo de un momento, Hugo rompió el silencio.

–Tu madrina ha mirado el armario –susurró–. Debe de guardar algo importante dentro.

–Ya lo registré mientras buscaba el cuaderno y no encontré nada –respondió Isabelle.

–¿Por qué no vuelves a mirar?

–No me digas lo que tengo que hacer, ¿quieres? –repuso ella. Sin embargo, pareció pensarlo mejor y en seguida se sacó una horquilla del bolsillo. En un abrir y cerrar de ojos, la puerta del armario estaba abierta.

Isabelle examinó los abrigos que había colgados y las sábanas y mantas que reposaban pulcramente dobladas en los estantes inferiores. Luego cogió la silla en la que había estado sentado Hugo, la acercó al armario y se subió encima para examinar los estantes de arriba, sin ningún resultado. Mientras Hugo la observaba, se dio cuenta de algo extraño: en la parte superior del armario había un friso decorativo que tenía dos finas rendijas a los lados. Se lo dijo a Isabelle, y ella estiró el brazo y golpeó el friso con los nudillos. Sonaba a hueco. La niña se puso de puntillas, agarró la moldura que recorría el friso por la parte superior y tiró hasta desprender toda la pieza.

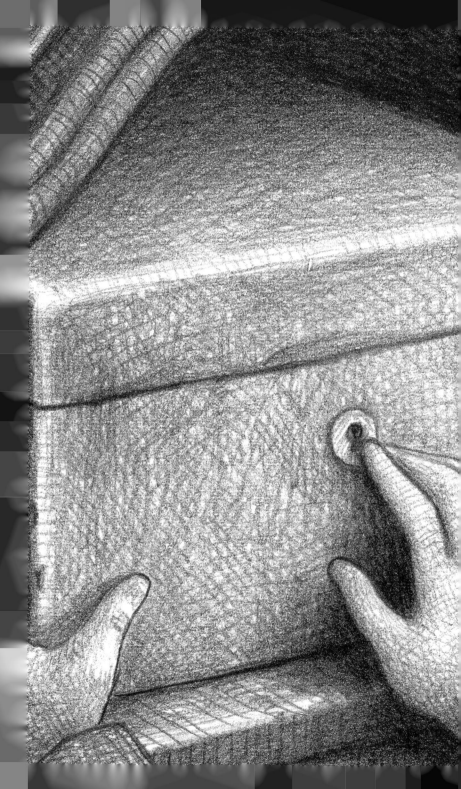

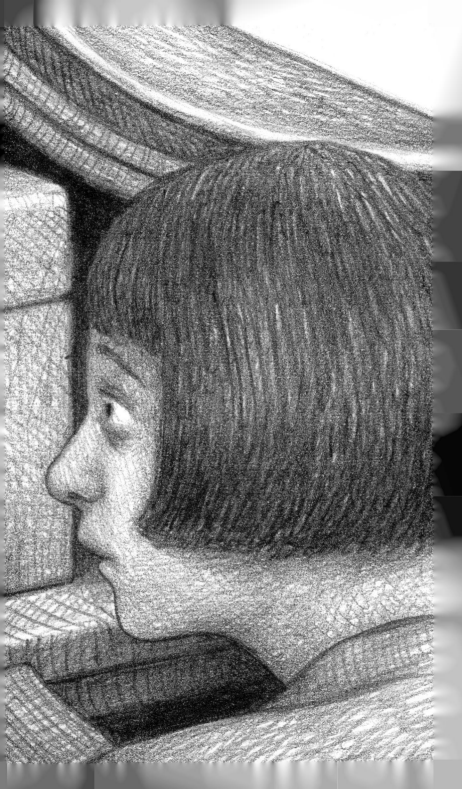

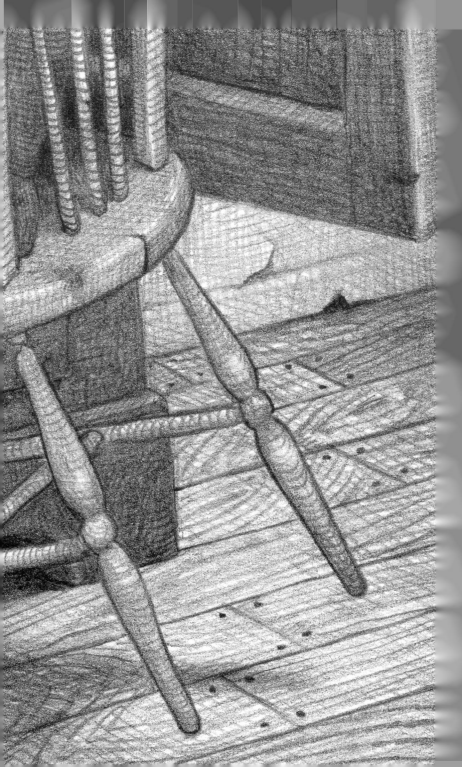

Isabelle chilló, soltó la caja y aterrizó sentada en el suelo. La caja le cayó sobre un pie y se hizo pedazos, e Isabelle volvió a chillar. El contenido de la caja se desparramó por todas partes: eran cientos de pedazos de papel de todas las formas y tamaños, que cayeron revoloteando por la habitación. Hugo miró alrededor y vio que todos estaban llenos de dibujos, y que entre ellos también había una especie de manta raída con un estampado de lunas y estrellas. Parecía vieja y enmohecida.

Al cabo de un momento, la puerta de la habitación se abrió de par en par.

–¡Isabelle! –gritó mamá Jeanne, corriendo hacia su ahijada.

El viejo juguetero se quedó petrificado en la puerta, con la mirada clavada en los dibujos.

−¿Por qué habéis tenido que hacerlo, niños? −se lamentó la vieja señora−. Hugo, recoge todos los papeles, mételos en el armario y ciérralo −añadió, dándole una pequeña llave−. ¡Vamos, apúrate! Y tú, Isabelle, ven conmigo. ¡Georges, vuelve a la cocina!

Hugo se guardó la llave en el bolsillo y empezó a recoger los dibujos. Los sostenía en sus manos con tanta reverencia como si fueran diamantes y rubíes. Algunos eran hojas sueltas, otros estaban encuadernados artesanalmente formando pequeños libros. Tenían los bordes amarillentos y quebradizos, pero todos eran preciosos. Y todos estaban firmados por Georges Méliès.

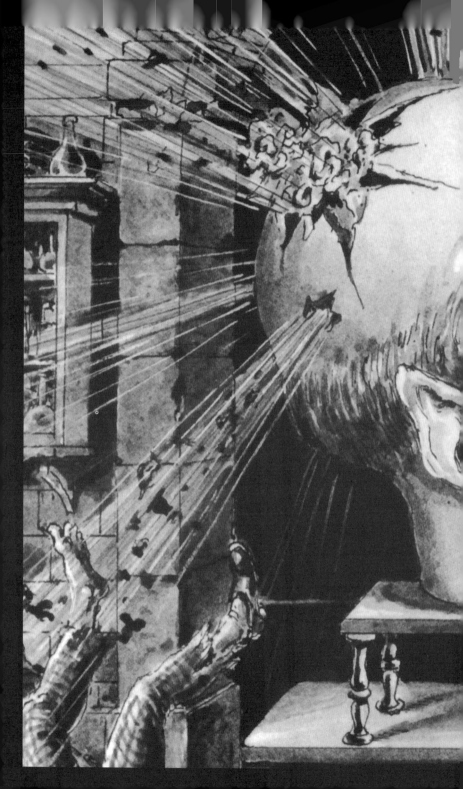

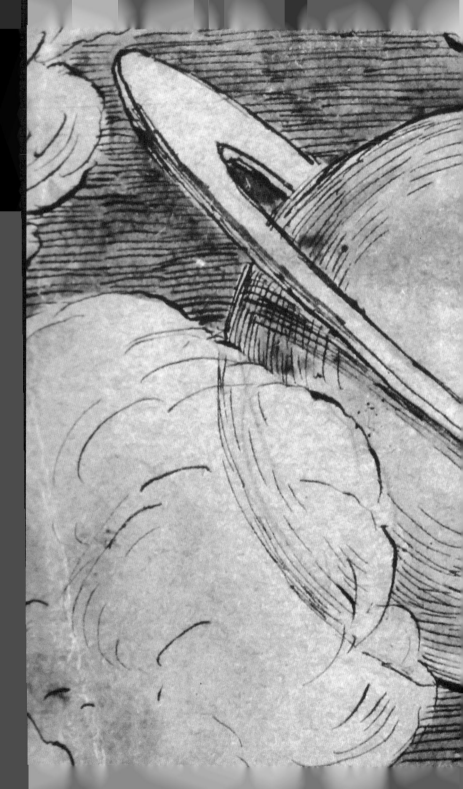

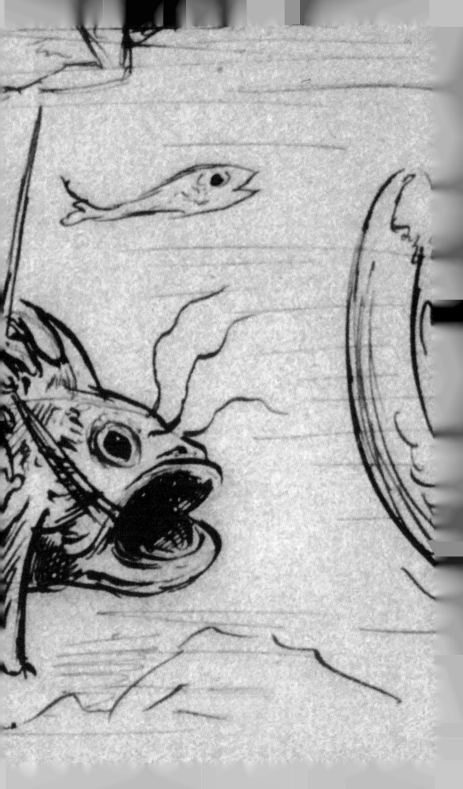

G. Méliès

–No –musitó el viejo juguetero–. No. No. No. ¡No! ¡No! –su voz subía de tono con cada sílaba, hasta que empezó a toser–. ¿Pero qué está pasando aquí? ¿De dónde han salido estos dibujos? –exclamó, cubriéndose los ojos con las manos–. ¿Quién los ha hecho? ¿Quién está jugando conmigo de este modo?

–¡Sal de la habitación, Georges! –gritó su mujer, que estaba ayudando a Isabelle a ponerse en pie.

El viejo juguetero se abalanzó sobre los dibujos que quedaban en el suelo y empezó a romperlos a diestro y siniestro. Al verlo, tanto Hugo como Isabelle se echaron sin pensarlo sobre él para tratar de separarlo de los papeles. Aunque a Hugo le dolía muchísimo la mano e Isabelle tenía el pie roto, los dos intentaron desesperadamente evitar que el juguetero destrozara sus dibujos.

–¡Para, Georges! ¡Para ya! –gritó su mujer–. ¡Fuiste tú quien hizo esos dibujos!

–¿Yo? –respondió él–. ¿YO? ¿Cómo iba a hacer yo esto? ¡No soy un artista! ¡No soy nadie! ¡Solo soy un comerciante arruinado, un prisionero, un cascarón vacío, un juguete de cuerda!

Mientras mamá Jeanne trataba de distraerlo, Hugo e Isabelle recogieron apresuradamente los dibujos que quedaban, los amontonaron en el armario y cerraron las puertas con llave.

Ahora el viejo juguetero estaba encorvado junto a la cama y lloraba con la cara oculta entre las manos.

Durante un rato repitió incansable la palabra «no», y luego empezó a murmurar para sí:

–Una caja vacía, un océano seco, un monstruo perdido, nada, nada, nada…

El viejo siguió mascullando entre sollozos y los dos niños retrocedieron lentamente.

Mamá Jeanne abrazó a su marido y lo ayudó a meterse en la cama. Le colocó la almohada bajo la cabeza y lo arropó. Con la cara surcada de lágrimas, la vieja señora le acarició la canosa barba una y otra vez hasta que la respiración del juguetero se calmó, indicando que se había dormido.

–Lo siento, Georges –dijo entonces su mujer. Le dio un beso, apagó la luz y volvió a sentarse junto a la cama, con una mano del viejo cogida entre las suyas–. Lo siento, lo siento mucho.

3

El plan

Hugo agarró a Isabelle para ayudarla a salir de la habitación y entrar en la cocina. Cuando llegaron, partió un poco de hielo para el pie de su amiga y los dos se sentaron tras la mesa, estremeciéndose y tratando de calmar el dolor de sus respectivas lesiones.

Al cabo de un rato entró en la estancia la madrina de Isabelle.

–¿De verdad hizo papá Georges esos dibujos? –preguntó la niña–. ¿Por qué nunca me dijisteis que era artista?

–Chssst, Isabelle, no hables tanto. Dime solo cómo tienes el pie.

Hugo se encogió de hombros.

–Mi casa se ha convertido de repente en un hospital –musitó la vieja señora meneando la cabeza. Luego intentó soltar una carcajada, pero fue incapaz; en vez de hacerlo, se sentó a la mesa junto a los dos niños, apoyó la cabeza en las manos y se puso a llorar.

–¿Qué ocurre? –preguntó Isabelle–. ¿Por qué estaban esos dibujos escondidos en el armario? ¿Por qué se puso tan nervioso papá Georges cuando los vio?

–¿Es que no te das cuenta de todos los problemas que habéis causado ya, Isabelle? A papá Georges le ha dado fiebre del disgusto, y no sé cuándo se le pasará. No quiero oír ni una palabra más sobre este asunto. Te has portado fatal, Isabelle: me robaste la llave, abriste el armario… Eres igual que este ladronzuelo. No quiero volveros a ver juntos a los dos, ¿me oís? Hugo, puedes quedarte aquí a pasar la noche. Mañana llamaré al médico para que os examine a Isabelle, a Georges y a ti, y luego quiero que te vayas y no vuelvas más.

Mamá Jeanne rasgó unas tiras de tela de una sábana vieja y vendó con ellas la mano de Hugo y el pie de Isabelle hasta dejarlos totalmente inmovilizados.

–¡Lo siento mucho, mamá Jeanne! –dijo Isabelle cuando su madrina terminó aquella cura casera–. Por favor, no te enfades con nosotros. Solo queríamos…

–¡Chssst! A callar; es hora de irse a la cama. Hugo, tú puedes dormir en el sofá. Vamos, Isabelle, te ayudaré a llegar hasta tu cuarto.

Pero Hugo no llegó a tumbarse en el sofá. Se le había ocurrido un plan, y en cuanto Isabelle y su madrina se retiraron, se acercó de puntillas al perchero que había en el recibidor. Entre los abrigos que había allí colgados estaba el del viejo juguetero, y Hugo rebuscó en sus bolsillos hasta oír un tintineo. Agarró el llavero, salió del apartamento y volvió a la estación recorriendo las oscuras calles.

Al llegar fue directamente a la juguetería. Miró alrededor para asegurarse de que no lo veía nadie, y luego fue probando todas las llaves hasta que encontró la que abría la persiana de la tienda. La levantó un poco, se coló dentro y empezó a investigar el contenido de todas las cajas y cajones, rebuscando entre los papeles que el viejo tenía guardados. Pero la juguetería no parecía contener nada de interés. Hugo tenía la esperanza de encontrar algo que explicara todos los misterios que mamá Jeanne no había querido aclararles, algún papel u objeto en el que no hubiera reparado antes.

Al cabo de un rato de búsqueda infructuosa, Hugo encontró por fin algo interesante: un paquetito envuelto en tela que estaba metido en el fondo de un cajón.

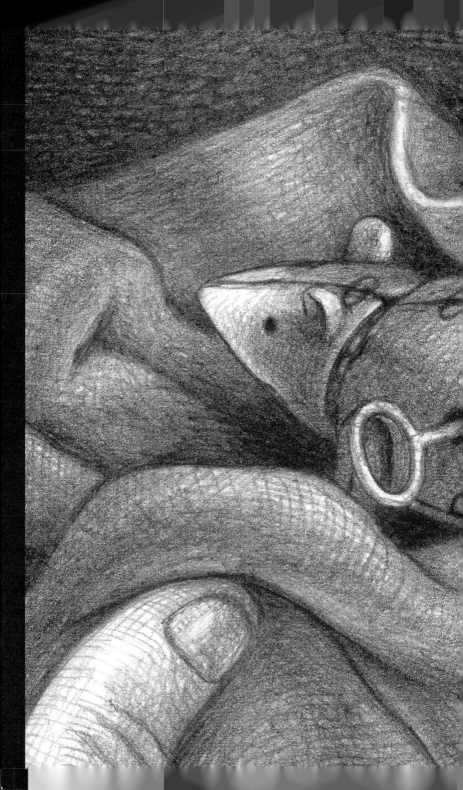

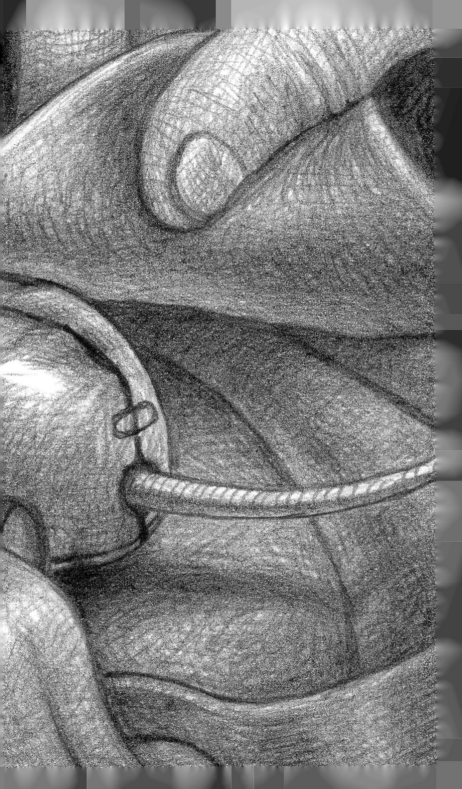

Hugo se preguntó por qué habría guardado el viejo juguetero aquel ratón azul; antes de encontrarlo en el cajón, pensaba que el juguete había encontrado un comprador hacía ya tiempo. Sin embargo, le gustó que el viejo lo hubiera guardado, y empezó a sonreír sin darse cuenta mientras lo examinaba cuidadosamente. Pensó en los pequeños engranajes que el ratón guardaba en su interior, y en todos los juguetes que había robado para reparar el autómata. Hasta entonces nunca se había parado a pensar por qué las piezas de los juguetes que fabricaba el viejo encajaban tan bien en el hombre mecánico.

Al cabo de un rato envolvió otra vez el ratón y lo metió de nuevo en su sitio. Cuando se dio la vuelta para salir, vio uno de los libros de Isabelle en una esquina del mostrador, y el verlo le dio una idea.

Hugo volvió a su cuarto de la estación y exhaló un suspiro de alivio al ver que el hombre mecánico seguía en el suelo, tal como lo había dejado. Lo agarró como pudo y logró arrastrarlo hasta su escondite, contrayendo el gesto en una mueca de dolor; cuando lo tuvo dentro del hueco, lo cubrió con su viejo envoltorio de tela y tapó la abertura con las cajas vacías. Al acabar, miró hacia arriba, y sus ojos encontraron el estante sobre el que reposaba su cubo de herramientas. El corazón de Hugo dio un vuelco: hasta ese momento no se había dado cuenta de que tenía un grave problema. Se había lesionado la mano derecha, y sin ella le iba a ser imposible cuidar de los relojes de la estación. Pronto empezarían a fallar, el inspector investigaría la razón y las andanzas de Hugo llegarían a su fin.

Hugo se tumbó en su camastro y posó la mano dañada en el pecho. Por su mente empezaron a pasar imágenes vertiginosas…

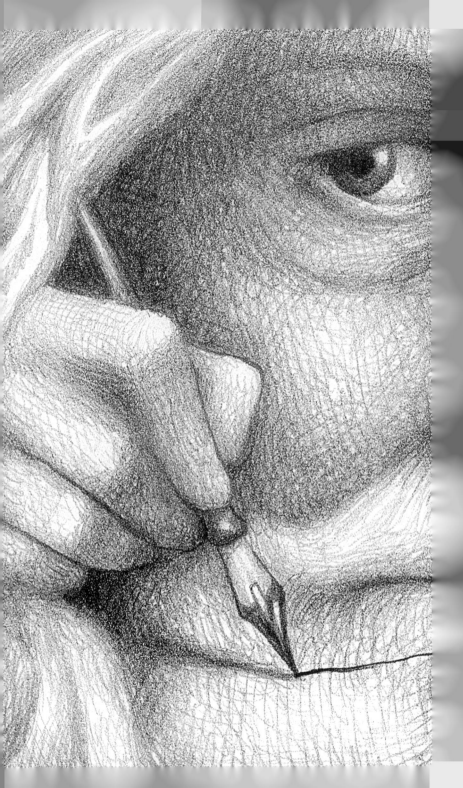

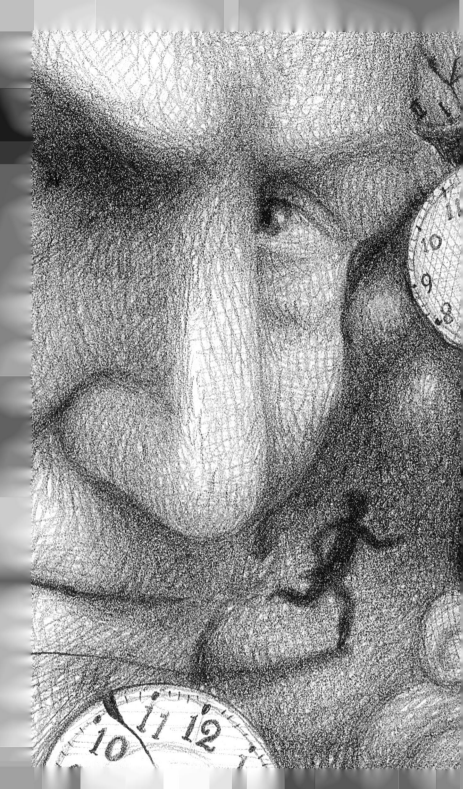

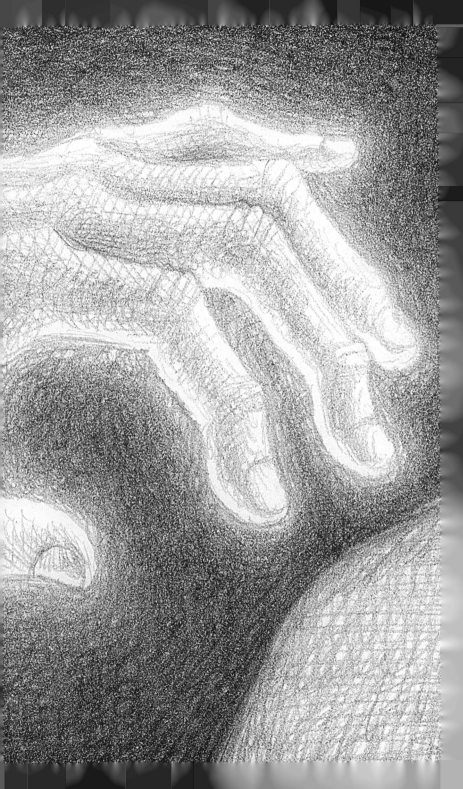

Hugo vio cómo los blancos dedos del inspector se acercaban a él tratando de apresarlo. Los dedos se convertían en garras largas y afiladas que se cerraban en torno a su brazo. Cuando se despertó gritando, ni siquiera era consciente de haberse quedado dormido.

Al fin amaneció, y Hugo cogió su cubo de herramientas y salió para tratar de revisar los relojes. Con los ojos cerrados y la cabeza inclinada hacia un lado, fue escuchándolos de uno en uno para averiguar si seguían funcionando correctamente. Pero con una sola mano apenas podía darles cuerda, así que se limitó a engrasarlos, examinarlos lo mejor que pudo y comprobar la hora que marcaban con la de su reloj ferroviario, rezando por que coincidieran.

Se estaba quedando sin tiempo.

Cuando vio que el señor Labisse abría su librería, Hugo se acercó corriendo. La campanilla de la puerta tintineó violentamente cuando entró.

El librero, que aún no se había quitado el abrigo, se dio la vuelta y vio a Hugo.

–Tú eres el amiguito de Isabelle, ¿verdad? ¿Qué te ha pasado en la mano?

Hugo ocultó la mano vendada tras la espalda.

–Quisiera pedirle un favor, señor Labisse. Verá, es que necesito encontrar información sobre una persona. ¿Tiene usted libros que hablen de cine?

–Puede que haya alguno por aquí…

–¿Y sobre las primeras películas que se hicieron? Cuando mi padre era pequeño vio una película que nunca se le olvidó. Trataba de un cohete que se metía en el ojo de la luna.

Tras mucho pensarlo, Hugo había decidido que aquella película podía ser un buen punto de partida para resolver el misterio.

–Lo que dices suena muy sugerente... –respondió el señor Labisse, acabando de quitarse el abrigo y ajustándose la corbata–. Ven, muchacho, a ver qué encontramos.

Hugo siguió al señor Labisse hasta una estantería y observó cómo examinaba los libros que había en ella. El librero sacó algunos para repasar sus índices, pero ninguno parecía contener lo que buscaba.

–No, hijo –dijo al cabo–. No tengo ningún libro que hable de las primeras películas que se hicieron, lo siento.

Hugo le dio las gracias y echó a andar hacia la puerta, preguntándose dónde podría ir a continuación. Había pensado ir a la librería en un rapto de inspiración, y no se le ocurría ninguna otra idea.

–Tal vez tengas más suerte en la biblioteca de la Academia de Artes Cinematográficas –sugirió entonces el señor Labisse.

Hugo se dio la vuelta en redondo.

–¿Dónde está esa biblioteca?

El señor Labisse le indicó a Hugo cómo llegar, y el niño le dio las gracias y echó a correr.

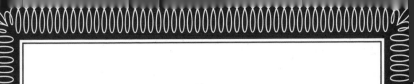

4

La invención
de los sueños

Hugo seguía poniéndose nervioso ante la perspectiva de salir de la estación. Aun así, tomó aire y emprendió la bajada por la escalera que conducía hasta el metro, aquel vasto sistema de trenes subterráneos que serpenteaba bajo la ciudad como un sinfín de ríos ocultos.

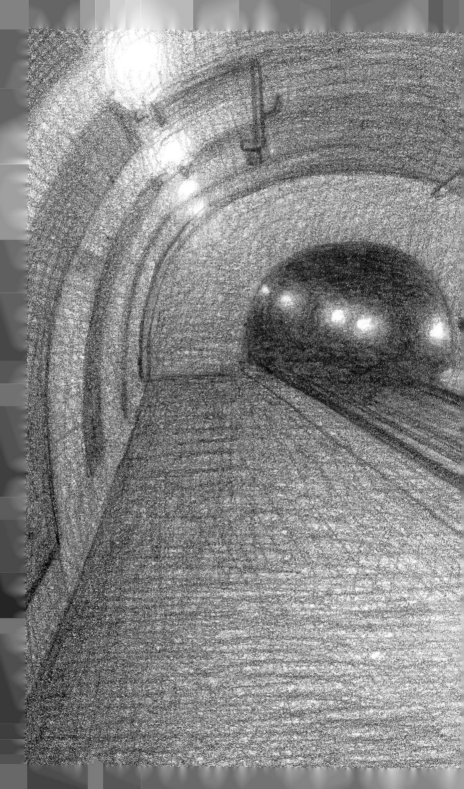

Hugo entró en el vestíbulo y vio un alto mostrador tras el que asomaba una menuda recepcionista. Le preguntó dónde estaba la biblioteca, y la mujer lo miró de arriba abajo con expresión despectiva.

–No –le dijo a Hugo por toda respuesta.

–¿Cómo que no? ¿Es que no puedo entrar en la biblioteca?

–Eres muy pequeño, y estás sucio y despeinado. Además, aun cuando pudieras entrar, deberías hacerlo acompañado de un adulto –respondió ella–. Adiós, niño.

Hugo la observó. Examinó sus manos y su ropa, y entonces cayó en la cuenta de que llevaba mucho tiempo sin pensar en su propia apariencia.

Sabía que la recepcionista había sido injusta con él, pero no se le ocurría cómo remediarlo. Estaba buscando alguna respuesta adecuada cuando le pareció oír su nombre.

–¡Hugo! ¿Eres tú?

–¡Etienne! –gritó Hugo corriendo al encuentro de su amigo–. ¿Qué haces aquí?

–Eso mismo iba a preguntarte yo.

La recepcionista miró a Etienne con cara de asombro.

–¿Conoces a este niño zarrapastroso?

–Señora Maurier, permítame que le presente a mi amigo Hugo.

La recepcionista se colocó bien sus gafas de pasta negra y descolgó el teléfono, que había empezado a sonar.

–Siento mucho que te echaran del trabajo por nuestra culpa –dijo Hugo.

–En realidad, fue una suerte. Cuando me despidieron acababa de empezar a estudiar aquí, en la Academia, y me dieron un trabajo en las oficinas. Quiero ser cámara, ¿sabes?

A Hugo se le fueron los ojos al parche de Etienne. Su amigo sonrió.

–Es más fácil ser cámara si se es tuerto como yo, ¿sabes? Así no tengo que guiñar un ojo, como todos los demás –dijo dándose un golpecito en el parche–. Y ahora, dime: ¿qué haces tú aquí?

–Necesito buscar una cosa en la biblioteca. ¿Puedes ayudarme?

–Sígueme –respondió Etienne. Hugo no quiso mirar hacia la señora Maurier, pero se sintió muy feliz de pasar ante ella sin que pudiera obligarlo a detenerse.

La biblioteca estaba en el segundo piso. Era una sala limpia y ordenada, llena de estanterías impolutas cuyos libros no parecían usarse jamás. En el centro colgaba un enorme cuadro que atrajo la mirada de Hugo.

No sabía lo que podía significar, pero pensó que era muy bonito.

Etienne le mostró a Hugo cómo buscar en el fichero hasta que encontró un libro que parecía adecuado, y luego le ayudó a localizar la estantería correcta. Etienne se puso de puntillas, sacó el libro del estante y se lo dio a Hugo, quien se sentó en el suelo y empezó a hojearlo allí mismo. Etienne se sentó a su lado.

–Este libro lo escribió uno de mis profesores, ¿sabes? ¿Por qué no me dices para qué lo necesitas?

Pero Hugo estaba demasiado nervioso para hablar. El libro que tenía entre las manos se llamaba *La invención de los sueños: Historia de las primeras películas*. El autor era un tal René Tabard, y lo había escrito un año antes, en 1930.

Hugo buscó la primera página y empezó a leer:

En 1895 apareció una de las primeras películas que se exhibió en público. Se titulaba La llegada de un tren a la estación de la Ciotat, *y su argumento respondía exactamente al título. Sin embargo, cuando la locomotora se acercaba a la pantalla a toda velocidad, muchas personas del público gritaban e incluso se desmayaban, convencidas de que el tren podía arrollarlas de verdad. Era la primera vez en su vida que veían algo así.*

Hugo pasó las páginas del libro. Había fotografías de hombres que jugaban a las cartas y de trabajadores que salían de una fábrica.

Todas eran escenas de películas antiguas. Hugo siguió hojeando el libro, y de pronto vio lo que había ido a buscar a la biblioteca.

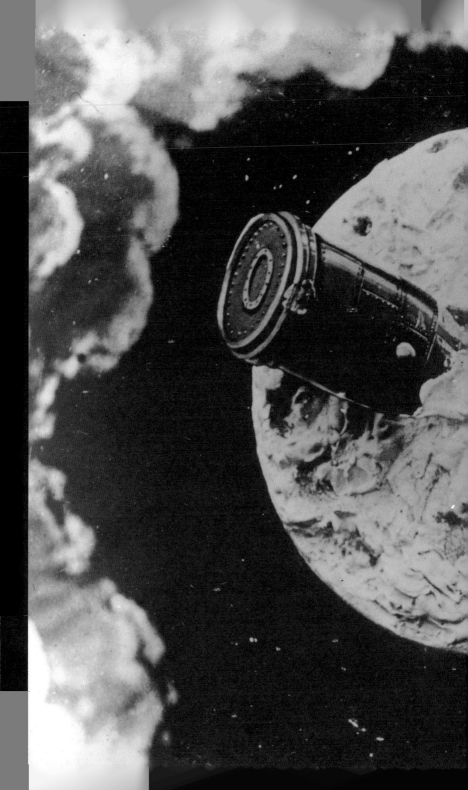

La película que tanto había entusiasmado a su padre de niño se titulaba *El viaje a la luna*.

En sus comienzos, el cineasta Georges Méliès ejercía de mago y regentaba un teatro dedicado a la magia en París. Esta relación con el mundo de la magia le permitió captar de inmediato las posibilidades del cine como nuevo medio de expresión. Méliès fue uno de los primeros cineastas en darse cuenta de que las películas no tenían por qué ser realistas; de hecho, fue pionero en el empeño de retratar el mundo de los sueños en el cine. Se atribuye a Méliès el perfeccionamiento del truco de sustitución, mediante el cual se podía hacer que los objetos aparecieran y desaparecieran de la pantalla como por arte de magia. Estas técnicas modificaron para siempre el aspecto visual del cine.

El viaje a la luna, la película más famosa de Méliès, narraba cómo unos exploradores viajaban a la luna, luchaban contra los selenitas y volvían a la Tierra acompañados de un adversario cautivo, entre las aclamaciones de todos los terrícolas. Si en el futuro lejano la humanidad logra realmente llegar a la luna, deberemos agradecer a Georges Méliès –y al arte cinematográfico en general– el que nos haya demostrado que, si dejamos volar nuestros sueños, podemos ser capaces de todo. Por desgracia, Georges Méliès falleció tras la Gran Guerra, y la mayor parte de sus películas –por no decir todas– ha desaparecido.

–¿Cómo que falleció? ¡Pero si está vivo! –exclamó Hugo.

–¿Quién está vivo? –repuso Etienne, que leía sobre el hombro de Hugo.

–Georges Méliès. No está muerto, tiene una juguetería en la estación de tren.

Etienne se echó a reír.

–¡De verdad! –insistió Hugo–. Es el padrino de Isabelle.

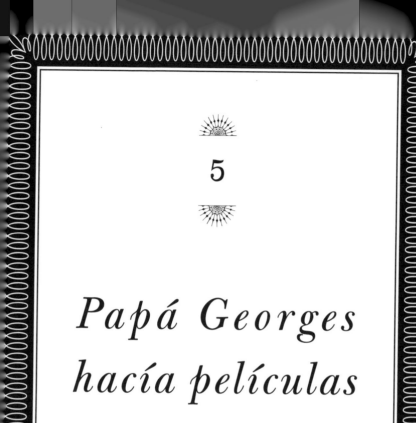

5

Papá Georges hacía películas

Aquel mismo día, Hugo regresó a su apartamento de la estación con el libro de la biblioteca bajo el brazo. Etienne lo había arreglado todo para que le permitieran llevárselo prestado. Hugo lo leyó y releyó incansablemente, sobre todo la parte que trataba de Georges Méliès, y examinó con atención la cara de la luna que aparecía en una de las fotografías. En cierto momento alguien llamó a la puerta.

–Hugo, ¿estás ahí? Soy yo, Isabelle.

Hugo se puso en pie de un salto, abrió la puerta y vio a Isabelle, que llevaba una linterna para alumbrarse por los oscuros corredores. Tenía el pie vendado y se apoyaba en dos muletas.

–¿Para qué has venido? –le preguntó Hugo–. ¿Y cómo te las has arreglado para llegar a la pata coja?

–Todos creen que estoy en la cama. He tardado siglos en salir por la ventana de mi cuarto y llegar hasta aquí.

Los dos se sentaron en el camastro e Isabelle empezó a llorar.

–¿Qué te pasa? –dijo Hugo.

–Siento mucho haberte pillado los dedos con la puerta, y también siento haber ocultado que fui yo quien robó el cuaderno. Estaba furiosa contigo por haberme quitado la llave.

–Sí, la llave que le habías robado a tu madrina…

Isabelle no hizo caso del acre comentario de Hugo y siguió hablando:

–Y ahora, papá Georges se ha puesto muy enfermo. Tiene muchísima fiebre, delira todo el tiempo. No para de mascullar cosas raras: «un pájaro sin alas, una casa quemada, una esquirla, una mosca, un grano de arena…». Estoy muy preocupada por él; nunca lo había visto enfermo hasta ahora. ¿Qué vamos a hacer si se muere?

–No se va a morir –respondió Hugo.

–¿Y tú qué sabes? ¡Papá Georges es el que trae dinero a casa! ¿Qué haremos si falta? Mamá Jeanne llamó a un médico que me vendó el pie y le recetó una medicina a papá Georges. Pero, con la juguetería cerrada, no tenemos dinero para comprar la medicina.

–Ya verás cómo todo sale bien, Isabelle. Pero antes de ponernos en marcha, espera. Tengo que enseñarte una cosa.

Hugo abrió el libro de la biblioteca por la página que mostraba el fotograma de la luna y el cohete y se lo mostró a Isabelle. La niña se quedó mirando la imagen con expresión de asombro.

–Pero si es lo que el hombre mecánico…

–Lee lo que pone.

Isabelle se concentró en la lectura de aquellos párrafos que hablaban de su padrino.

–¿Papá Georges hacía películas? ¡No me lo puedo creer! ¡Si ni siquiera me deja ir al cine!

–Mi padre vio esta película cuando era pequeño –dijo Hugo señalando la imagen de *Viaje a la luna*–. Me habló de esta escena, ¿sabes? La reconocí cuando vi el dibujo del autómata.

Hugo le contó a su amiga cómo había ido a la Academia de Artes Cinematográficas, y cómo había encontrado a Etienne allí. Al fin, Isabelle posó el libro sobre su regazo.

–¿Por qué dejaría de hacer películas papá Georges? –se preguntó, estirando la pierna vendada–. Me pregunto qué le pasaría para acabar vendiendo juguetes en la estación… ¿Por qué no habrán querido hablarme nunca de estas cosas?

–Antes de marcharme de la Academia, le conté a Etienne todo lo que nos había pasado. Él me presentó al autor de este libro, que es profesor suyo. Me dio la impresión de que no creían del todo lo que yo les había contado, así que los… los…

–¿Los qué? –preguntó Isabelle con impaciencia.

–… los invité a que fueran a tu casa.

–¿Quééé?

–Etienne y René Tabard irán de visita a tu casa la semana que viene. El señor Tabard quiere ver personalmente a tu padrino.

–Mamá Jeanne no va a consentirlo, estoy segura.

–Pues no se lo digas. Espera sin decir nada a que aparezcan, y ya está.

–No me parece buena idea, Hugo.

–Bueno, siempre puedo decirles que no vengan. Pero no creo que debamos hacerlo; tal vez sea nuestra única oportunidad de averiguarlo todo. No le digas nada a tu madrina todavía, no le cuentes lo del libro ni le preguntes demasiadas cosas. Si logramos que mamá Jeanne conozca a Etienne y el señor Tabard, se dará cuenta de que hay gente que se alegra de que su marido esté vivo, gente que aún se acuerda de él. Y entonces contestará a todas las preguntas que le hagamos, estoy seguro.

Isabelle meneó la cabeza, dudosa.

–Ni siquiera has llegado a decirme de dónde sacaste el hombre mecánico –dijo.

Hugo nunca le había contado a nadie aquella historia. La mantenía en secreto desde hacía tanto tiempo que ni siquiera estaba seguro de encontrar las palabras adecuadas para contarla. Sin embargo, cuando miró a Isabelle sintió que las ruedas y engranajes de su cabeza empezaban a girar, y de pronto las palabras se colocaron en su sitio y Hugo le reveló a su amiga todo lo que le había pasado, desde el día en que su padre había descubierto el autómata en el desván del museo, hasta el incendio, la llegada y la desaparición de su tío Claude. Le contó cómo había descubierto que los juguetes de la tienda de su padrino podían servirle para reparar el autómata, y cómo había logrado arreglarlo con sus piezas. No dejó nada sin contar.

Cuando Hugo terminó su narración, Isabelle se quedó callada un rato.

–Gracias –dijo luego.

–¿Por qué?

–Por contármelo.

–Ven a la juguetería mañana, cuando salgas del colegio –dijo Hugo–. Tengo una idea.

–¡Pero si está cerrada!

–Mañana no lo estará.

6

Un propósito

A LA MAÑANA SIGUIENTE, Hugo abrió la juguetería y dispuso los juguetes exactamente como hacía el viejo juguetero todas las mañanas. Aunque los dedos le dolían mucho, hizo un esfuerzo por sonreír a los clientes que iban llegando a intervalos irregulares y fue guardando todo el dinero que le daban. Aun así, pasaban largos ratos sin que llegara ningún comprador.

A Hugo le ponía nervioso no poder dibujar o jugar con alguna pieza mecánica. Intentó escribir con la mano izquierda, pero al cabo de un rato lo dejó por imposible. Luego estuvo un rato observando los juguetes de cuerda. Intentó imaginar en qué pensaría el viejo juguetero mientras los construía. Seguro que también a él le ponía nervioso estar allí encerrado todo el día. Tal vez solo estuviera verdaderamente contento mientras fabricaba juguetes nuevos; quizás el hacerlo le recordara a la época en la que había construido el autómata.

Cuando Isabelle salió del colegio, fue a la juguetería y se sentó junto a Hugo en un taburete.

Al cabo de un rato, cuando dejaron de llegar clientes y los niños se quedaron sin nada más que decir, Isabelle arregló el vendaje de Hugo, sacó uno de sus libros de la cartera y se puso a leer.

Hugo reconoció el libro: era el volumen de mitos griegos que Isabelle había cogido prestado de la librería el primer día que Hugo fue allí.

–Estás tardando mucho en acabar ese libro –dijo.

–Es que lo estoy releyendo; debo de haberlo leído unas veinte veces. Se lo devuelvo al señor Labisse, cojo otros libros y luego lo retomo. Me gusta mucho.

–¿Por qué no me lees un poco en alto?

Hugo escuchó atentamente los mitos que le leía su amiga. Algunos le resultaban conocidos de sus tiempos de colegial. Isabelle leyó historias de seres fantásticos como la Quimera o el Fénix, y luego le contó la historia de Prometeo. A Hugo le intrigó mucho aquel personaje. Prometeo había creado a los seres humanos con un montón de barro, y luego había robado fuego a los dioses y se lo había regalado a sus criaturas para que pudieran sobrevivir.

De modo que Prometeo era un ladrón.

De pronto, Hugo creyó ver el cuadro que había en la biblioteca de la Academia. La figura central extendía un brazo hacia arriba para agarrar una bola de llamas; era como si quisiera robar el fuego de los cielos. De la otra mano le salía un chorro de luz, como si estuviera proyectando una película. Hugo pensó que tal vez aquel cuadro fuera una recreación del mito de Prometeo, solo que, en la pintura, Prometeo robaba el fuego a los dioses para crear las películas.

Isabelle siguió leyendo y Hugo descubrió que, para castigar la osadía de Prometeo, los dioses lo habían encadenado a una roca para toda la eternidad. Un águila iba todos los días a la roca para comerse el hígado de Prometeo, pero la víscera volvía a crecerle cada noche. Prometeo solo había robado para ayudar a las personas a las que había creado, y sin embargo los dioses lo castigaban por ello. Hugo había robado para sobrevivir y para ayudar al autómata. Se preguntó cuál sería su castigo. ¿Tendría que pasarse el resto de su vida tras aquel mostrador, como el viejo juguetero? ¿No podría aspirar a nada más? Intentó desterrar aquella idea de su mente: la vida tenía que consistir en algo más que aquello.

Dirigió inconscientemente la mirada hacia el reloj que había al otro lado del vestíbulo. Las grandes agujas de bronce avanzaban por la esfera, tan lentas como el sol en su recorrido por el cielo. Se preguntó cuándo dejaría de funcionar aquel reloj.

Hugo observó el vendaje que protegía sus dedos lastimados y deseó con todas sus fuerzas que se curaran pronto. Luego abrió el cajón, sacó el paquetito que contenía el ratón azul y deshizo con cuidado el envoltorio.

–¿Qué es eso? –preguntó Isabelle.

–Es el juguete que quería robar cuando me pilló tu padrino. Lo rompí sin querer, y él me obligó a repararlo. No sé por qué lo habrá guardado.

–Supongo que le caes bien. En casa hay un cajón en el que guarda todos los dibujos que le hice cuando era pequeña.

Hugo sonrió. Isabelle agarró el ratón, le dio cuerda y lo dejó en el mostrador. Los dos niños observaron cómo correteaba.

–¿Te has dado cuenta de que todas las máquinas tienen su razón de ser? –le dijo Hugo a Isabelle, recordando lo que había dicho su padre la primera vez que le había hablado del autómata–. Sus creadores las construyen para que la gente se ría, como este ratoncillo; para saber qué hora es, como los relojes; para que todo el mundo se asombre viéndolas, como el autómata… Tal vez sea esa la razón de que las máquinas rotas resulten tan tristes: ya no pueden cumplir con el propósito para el que fueron creadas.

Isabelle cogió el ratón, volvió a darle cuerda y lo dejó de nuevo en el mostrador.

–Puede que ocurra lo mismo con la gente –prosiguió Hugo–. Si dejas de tener un propósito en la vida es como… como si te rompieras.

–¿Crees que a papá Georges le pasa algo así?

–Sí. Pero tal vez podamos… arreglarlo.

–¿Cómo?

–No lo sé aún, pero quizás René Tabard pueda ayudarnos cuando vaya a tu casa la semana que viene. Seguro que él sabrá qué hacer…

Los dos niños se quedaron callados unos momentos.

–¿Y cuál es tu propósito en la vida? –preguntó Isabelle de pronto–. ¿Arreglar cosas?

Hugo reflexionó.

–No lo sé –respondió al fin–. Sí, tal vez.

–Y el mío, ¿cuál será?

–Ni idea, Isabelle.

En aquel momento, los dos miraron el reloj y vieron lo tarde que era. Recogieron todos los juguetes, incluido el ratoncillo azul, y cerraron la tienda. Luego, Hugo le dio a Isabelle el dinero que había recaudado a lo largo del día y la niña se lo guardó en el bolsillo.

–Ven conmigo un momento antes de marcharte a casa –dijo Hugo.

Los dos se colaron por el respiradero más cercano y recorrieron los pasadizos ocultos. La mano lastimada de Hugo y el pie roto de Isabelle hacían muy difícil subir la escalera de caracol y la escalerilla que conducía a los relojes de cristal; sin embargo, ayudándose el uno al otro, lograron encaramarse hasta lo más alto de la estación. Los relojes hubieran debido estar iluminados desde dentro, pero hacía tiempo que la instalación eléctrica se había estropeado y nadie se había preocupado de arreglarla.

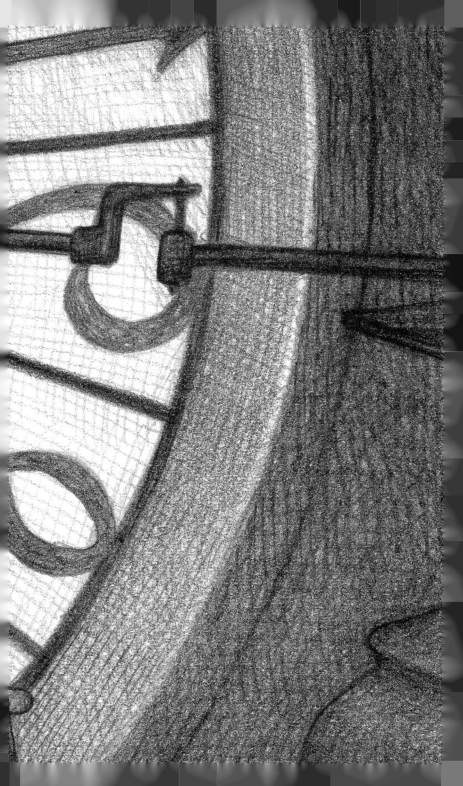

–Es precioso –murmuró Isabelle–. Parece como si la ciudad entera estuviera hecha de estrellas.

–A veces vengo aquí de noche aunque no tenga que revisar los relojes, solo para mirar la ciudad. Me gusta imaginar que el mundo es un enorme mecanismo. A las máquinas nunca les sobra nada, ¿sabes? Siempre tienen las piezas justas para funcionar. Y entonces pienso que, si el mundo es un gran mecanismo, tiene que haber alguna razón para que yo esté en él. Y otra para que estés tú, claro.

Los dos niños contemplaron las estrellas y la luna, que brillaba suspendida en lo alto. La ciudad titilaba allá abajo, y el único sonido que se oía era el pulso rítmico de la maquinaria de los relojes. Hugo recordó una película que había visto con su padre algunos años atrás. Ocurría en París: una noche, el tiempo se detenía y todo el mundo se quedaba petrificado. Por alguna misteriosa razón, solo el vigilante nocturno de la torre Eiffel y los pasajeros de un avión que aterrizaba en la ciudad podían moverse y recorrer las silenciosas calles. Hugo pensó que le gustaría experimentar aquella sensación. Sin embargo, sabía que el tiempo seguiría su curso aunque se rompieran todos los relojes de la estación, por muchas ganas que tuviera de detenerlo.

Y, en aquel momento, tenía verdaderamente muchas ganas.

7

La visita

Los dos niños tardaron poco en reunir el dinero que costaba la medicina del viejo juguetero, e Isabelle la compró en una farmacia cercana. Pero había sido una semana difícil. En sus paseos por la estación, Hugo había ido viendo cómo los relojes se paraban uno tras otro. Ahora, cada uno mostraba una hora inmutable y diferente a la de los demás. Y lo peor de todo era que, junto al cheque mensual de su tío, Hugo había encontrado una nota del inspector en la que le pedía al tío Claude que fuera a verlo a su despacho. Hugo no sabía qué hacer. Lo único que se le ocurría era rezar para que el inspector no lo pillara antes de que hubiera podido encontrar la respuesta a todas las dudas que tenía aún sobre el hombre mecánico.

Al fin llegó la víspera del día en que Etienne y el señor Tabard irían a visitar al viejo juguetero. Hugo tardó mucho en conciliar el sueño, y cuando lo consiguió, soñó con un terrible accidente que había ocurrido treinta y seis años atrás en la estación y del que la gente aún hablaba.

Hugo llevaba muchos años oyendo historias sobre aquel suceso, causado por un tren que había entrado en la estación a demasiada velocidad. Los frenos le fallaron y la locomotora embistió el guardarraíl. El tren descarriló, salió despedido por el gran vestíbulo de la estación, traspasó dos paredes y acabó saliendo por una ventana envuelto en una nube de esquirlas de cristal.

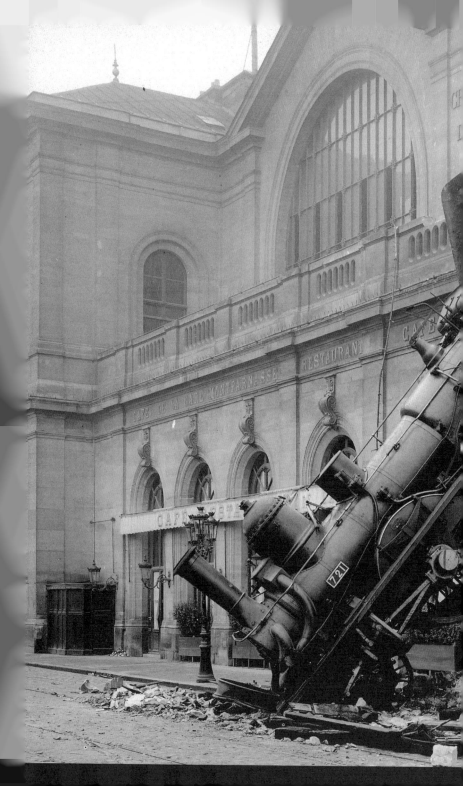

En su sueño, Hugo iba caminando solo junto a la fachada de la estación cuando oía un gran estruendo que lo hacía mirar hacia arriba. Entonces veía un tren que caía del cielo, justo encima de él.

En aquel momento se despertó bañado en sudor.

Tenía hambre y le daba miedo quedarse dormido de nuevo, así que salió de la cama y se vistió. Luego salió a la estación, fue hasta la cantina y robó una de las botellas que acababa de dejar allí el lechero. Algo más allá, junto a la puerta trasera, vio una bandeja de cruasanes frescos que nadie vigilaba. Feliz ante la perspectiva de comer algo, Hugo cogió un par y volvió a su habitación lo más rápido que pudo para desayunar y hacer tiempo hasta que llegara la hora de la visita.

Estaba lloviendo, y Hugo llegó justo cuando aparecían Etienne y el señor Tabard cobijados bajo sendos paraguas negros. El señor Tabard llevaba un gran paquete envuelto en papel bajo el brazo. Isabelle los saludó desde la ventana y luego bajó al portal para recibirlos, aunque seguía caminando con muletas. Los dos visitantes cerraron sus paraguas y los sacudieron en la calle antes de traspasar el umbral. Etienne le dio un abrazo a Isabelle, y ella le pidió que se quitara los zapatos.

–Papá Georges odia que la gente vaya calzada en casa –dijo.

–Por favor, Isabelle, dime de nuevo cómo se llama tu padrino… –intervino el señor Tabard.

–Georges Méliès –respondió Isabelle.

–De modo que es cierto –repuso el profesor, observando a Isabelle por un instante con expresión de incredulidad–. Le agradezco… le agradezco mucho que nos reciba en su casa, señorita. Espero que hayamos llegado en buen momento.

–Sí, no se preocupe –repuso Isabelle–. Papá Georges se siente un poco mejor hoy.

–Sabe que estamos aquí, ¿verdad? –preguntó el señor Tabard.

–Esto… bueno, en fin, suban ustedes.

Cuando llegaron al rellano, Isabelle les pidió que esperasen un momento, y el señor Tabard dejó en el suelo el paquete que llevaba. Luego, la niña dirigió una mirada nerviosa a Hugo y entró en la casa. Se oyeron voces, y al cabo de un rato Isabelle volvió y los invitó a pasar.

–Por favor, mamá Jeanne, no te pongas furiosa conmigo.

La vieja señora estaba cortando verduras para la comida, y cuando se dio la vuelta para mirar a los recién llegados, tenía en la mano un cuchillo enorme y reluciente.

–¿Quiénes son estos señores, Isabelle? –dijo, mientras la hoja del cuchillo resplandecía a la débil luz de la bombilla. Etienne y el señor Tabard retrocedieron un paso.

Hugo metió la mano en el bolsillo de su húmeda chaqueta, sacó el libro que había cogido prestado de la biblioteca de la Academia y se lo dio a Isabelle.

–Hemos averiguado quién es papá Georges –le dijo la niña a su madrina–. Hugo encontró este libro que habla de las películas que hizo. Lo escribió el señor Tabard, que es profesor de Etienne. Por favor, mamá Jeanne, solo quieren ayudarnos. Admiran mucho a papá Georges.

El señor Tabard se enderezó la pajarita que llevaba puesta y dio un paso al frente.

–Le pido mis más sinceras disculpas, señora; pensábamos que estaba usted informada de nuestra visita. Nos marcharemos ahora mismo y volveremos cuando usted nos diga.

De pronto, la vieja señora cayó en la cuenta de que estaba blandiendo un cuchillo de aspecto temible y lo dejó apresuradamente sobre la mesa. Luego se secó las manos en el delantal.

–Por favor, procuren hablar en voz baja. Mi marido duerme. Créanme que lo siento, yo… yo desearía que mi ahijada me hubiera contado antes que tenían intención de visitarnos, porque tal vez así podríamos haber evitado esta desagradable escena. Me temo que no voy a pedirles que vuelvan.

–Por favor, mamá Jeanne, no les digas que se vayan...

–Señora Méliès, no quisiéramos imponerle nuestra presencia –dijo el señor Tabard–, pero si me dice usted que este va a ser nuestro único encuentro, deje al menos que le cuente una historia. Conocí a su marido hace muchos años, cuando yo no era más que un niño. Mi hermano mayor era carpintero, y trabajó para su marido en muchas de sus primeras películas. A menudo me dejaba que lo acompañara al estudio donde su marido rodaba... Lo recuerdo como si hubiera ocurrido ayer mismo. El sol entraba a raudales por las grandes cristaleras, y a mí me parecía estar en un palacio de cuento de hadas. Una tarde, su marido se acercó a mí, me estrechó la mano y me dijo algo que jamás he olvidado.

El señor Tabard se interrumpió por un instante, dirigió la mirada a la puerta de la habitación, que estaba cerrada, y luego reanudó su relato.

–Se arrodilló a mi lado y me dijo estas palabras: «Si alguna vez te has preguntado de dónde vienen los sueños que tienes por la noche, mira a tu alrededor y lo sabrás. Aquí es donde se hacen los sueños».

–Y así, crecí obsesionado por la idea de fabricar sueños como hacía él. Aquel día su marido me hizo un valioso regalo, y mi único deseo es devolverle de algún modo el favor que me hizo.

Hugo recordó lo que había dicho su padre al describir la primera película que había visto en su vida: que era como ver sus propios sueños en mitad del día.

La vieja señora se enjugó el sudor de la frente con una esquina del delantal.

–Tengo que sentarme –dijo. Isabelle le acercó una silla y su madrina se dejó caer con un suspiro–. Mi marido fue un hombre importante, y para mí es un orgullo ver que ustedes recuerdan sus películas con tanto agrado. Pero su salud es muy frágil… No creo que sea buena idea obligarle a remover el pasado.

–De hecho, hemos traído una porción de su pasado –repuso el señor Tabard–. Pero si no le parece pertinente…

–¿Qué han traído, señor Tabard? –preguntó Isabelle.

Su madrina enarcó las cejas.

–Isabelle, cuando Hugo me invitó a venir aquí para presentarme a un hombre que creía muerto, debo admitir que me invadió el escepticismo –repuso el señor Tabard–. Aun así, movido por los buenos recuerdos que guardo de Georges Méliès, encargué a Etienne que buscara en el archivo de la Academia. Allí, en un rincón, bajo un montón de cajas viejas, Etienne encontró una de las películas que hizo tu padrino. Está un poco polvorienta, pero creo que se encuentra en buen estado. También decidimos traer un proyector, por si tu padrino quería verla una vez más. Debe de hacer mucho que no ve sus películas…

Hugo e Isabelle se agarraron, presas del nerviosismo.

–¡Proyéctela, señor Tabard! –exclamó Hugo.

–No, no. No quiero que Georges se despierte –dijo la vieja señora.

–¡Por favor, madrina! Me gustaría tanto verla… ¡Por favor! –imploró Isabelle.

Su madrina dirigió la mirada hacia la puerta del dormitorio y acarició el broche que cerraba el cuello de su blusa. Por un momento, Hugo creyó ver que sus ojos resplandecían con un destello de curiosidad. Luego, la vieja señora se tapó los ojos con una mano como si no pudiera soportar la luz, sacudió la cabeza y accedió:

–De acuerdo, pero háganlo rápido.

El señor Tabard y Etienne cogieron el paquete que habían dejado en el recibidor, lo desenvolvieron, sacaron el proyector, lo colocaron sobre la mesa y montaron el rollo de película en su soporte. Etienne metió el extremo del celuloide en una ranura y enchufó el aparato. Hugo corrió las cortinas, y Etienne dirigió la lente del proyector hacia una pared y lo encendió. El aparato cobró vida con un tableteo y el rollo de película comenzó a girar; de pronto, la pared se iluminó con una explosión de luz y se llenó de imágenes. Apareció el propio Georges Méliès de joven, disfrazado con una blanca barba postiza y una capa negra cubierta de lunas y estrellas. Hugo reconoció aquella prenda: cuando había caído al suelo tras romperse la caja del armario, le había parecido una manta, pero ahora se daba cuenta de que era uno de los trajes que aparecían en la película *El viaje a la luna*. Era la película más maravillosa que Hugo había visto en su vida. Se imaginó a su padre de niño, hacía muchos años, sentado en la oscuridad y viendo aquella mismísima película, contemplando la cara enfadada de la luna.

Cuando la película terminó, el rollo de celuloide se quedó dando vueltas en la bobina receptora. El cabo que quedaba suelto chocaba una y otra vez contra el aparato produciendo un chasquido intermitente, hasta que Etienne apagó el proyector y el rectángulo de luz desapareció de la pared. Todo quedó en silencio.

Entonces se oyó el crujido de un paso sobre la vieja tarima del piso y todos se dieron la vuelta. Georges Méliès estaba de pie en el umbral de su habitación, con los ojos llorosos.

–Reconocería el sonido de un proyector de cine en cualquier parte –dijo.

Su mujer se acercó a él y lo rodeó con un brazo, llorando también.

–¿Quiénes son estos señores? –dijo el viejo.

Isabelle le presentó a sus visitantes.

–El señor Tabard es profesor en la Academia Francesa de Artes Cinematográficas, y Etienne es uno de sus alumnos. Los dos son admiradores tuyos.

Los visitantes estrecharon la mano del viejo juguetero.

–¿Y por qué han venido?

Isabelle le explicó a su padrino la historia del autómata, y le contó cómo Hugo lo había rescatado de los restos carbonizados del museo.

–Lo arregló, y yo… Perdóname, padrino, porque yo me porté muy mal. Le robé a mamá Jeanne su llave en forma de corazón, le enganché una cadena y me la colgué al cuello. Entonces Hugo la vio y se dio cuenta de que encajaría en el agujero del autómata, y los dos le dimos cuerda y el autómata hizo un dibujo y logramos averiguarlo todo entre los dos…

–No todo, Isabelle, no todo –la interrumpió su padrino, sonriente.

Hugo se metió la mano en el bolsillo, sacó el dibujo del hombre mecánico, que había recompuesto con gran cuidado, y se lo ofreció al viejo, quien lo cogió con manos temblorosas.

Todos se quedaron callados largo rato.

–Dejadme el proyector –dijo al fin el viejo juguetero.

–¿Para qué? –preguntó su mujer.

George Méliès se acercó al aparato, lo desenchufó, cargó con él y lo llevó a su habitación. Luego cerró la puerta y echó el cerrojo.

8

Al abrir la puerta

LA VIEJA SEÑORA LLAMÓ A LA PUERTA DEL DORMITORIO.

–Georges, ¿qué haces? –dijo.

Todos escucharon expectantes, pero el viejo juguetero no contestó. De la habitación no salía ningún ruido.

–Georges, abre la puerta, por favor –insistió su mujer, procurando no dejar traslucir su nerviosismo. Llamó de nuevo a la puerta, pero su marido seguía sin dar señales de vida.

De improviso sonó un estrépito tan fuerte que los huesos de Hugo retumbaron.

Los cinco se abalanzaron sobre la puerta del dormitorio. Parecía como si el viejo juguetero hubiera desencajado a golpes la puerta del armario o hubiera volcado la cómoda, o, peor aún, como si se hubiera caído de cabeza y se hubiera descalabrado. Por un momento todo quedó en silencio, y luego se empezaron a oír fuertes pasos que recorrían el dormitorio una y otra vez, y palabras que ninguno podía entender. La vieja señora intentó abrir la puerta a empujones.

–¡Georges! ¡Georges! ¡Lo siento mucho, Georges! ¡Déjanos entrar, te lo ruego!

Pero el estrépito no cesó. Era como si el viejo juguetero estuviera arrastrando objetos por el suelo, pegando martillazos y dando golpes a diestro y siniestro, todo ello salpicado por gruñidos profundos y guturales e interrumpido por largos períodos de silencio. Los niños estaban aterrados, y la madrina de Isabelle sollozaba. Etienne y el señor Tabard intentaron tirar la puerta abajo, pero sus esfuerzos fueron infructuosos. Los ruidos se iban haciendo cada vez más intensos y terroríficos.

Decidieron empujar la puerta todos al mismo tiempo, pero no lograron moverla ni un centímetro. De pronto, Hugo tuvo una idea luminosa:

–¡Isabelle, abre el cerrojo con tu horquilla!

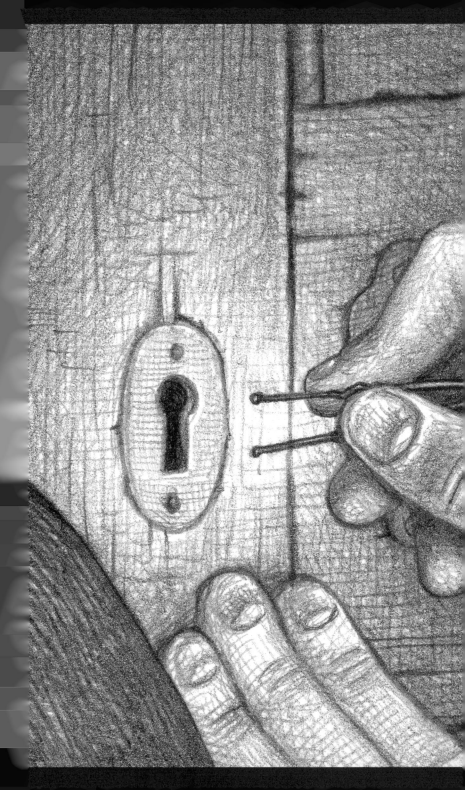

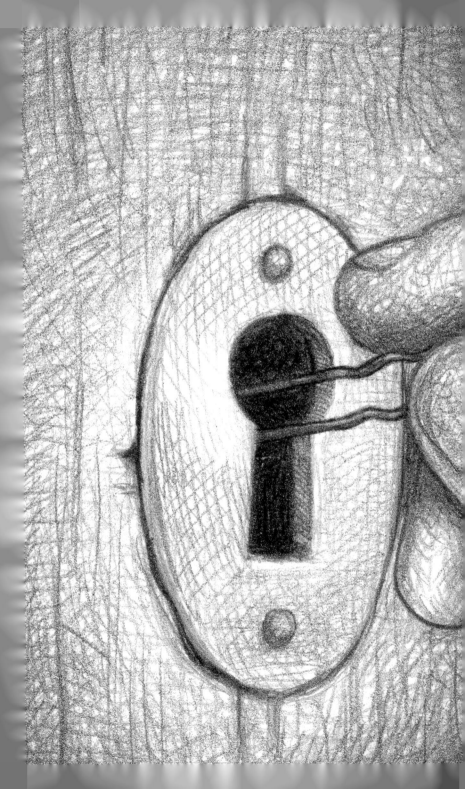

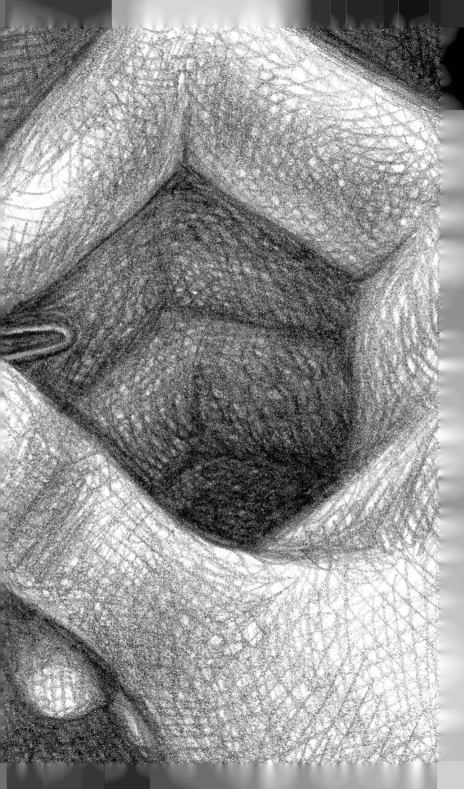

Los niños abrieron la puerta de un suave empujón y todos se quedaron clavados en el umbral. Esperaban encontrar una habitación sumida en el caos: muebles tirados, dibujos rotos por todas partes… Pero ante sus ojos apareció un panorama muy distinto.

Georges Méliès había apartado la cama a un lado y estaba sentado tras un escritorio colocado en el centro de la habitación. Tenía una pluma en la mano, que lo asemejaba a una versión gigante de su autómata. Hugo vio que el dibujo del hombre mecánico estaba sobre el escritorio. El viejo juguetero había desencajado las puertas del armario para sacar sus viejos dibujos, y los había esparcido por todo el suelo; los papeles parecían brotar de las patas de la mesa y trepar por la cama y las paredes, donde estaban sujetos con chinchetas hasta la altura del techo. Las cortinas estaban corridas, y Méliès había instalado el proyector en una mesilla colocada frente a la puerta, con la lente dirigida hacia él. La película se reflejaba en toda la pared del fondo. Las brillantes imágenes de la luna, el cohete y los exploradores se superponían a la cara del viejo juguetero y al mar de bellos dibujos que trepaba por la pared, a sus espaldas.

–Mis padres eran fabricantes de zapatos, ¿sabéis? –dijo el viejo mirando a Hugo e Isabelle–. Me obligaron a trabajar en su empresa, pero yo odiaba aquello. Lo único que me gustaba de la fábrica eran las máquinas. Aprendí yo solo cómo arreglarlas, mientras soñaba todo el tiempo con escapar y convertirme en mago profesional. Así estuve años, hasta que pude vender mi parte de la fábrica y comprar un teatro para presentar mis espectáculos de magia. Mi mujer me hacía de ayudante, y los dos éramos muy felices. En la parte trasera del teatro monté un taller donde construí mi autómata. Todo el mundo se quedaba extasiado al verlo.

Georges Méliès miró al vacío con una sonrisa de nostalgia, pero en seguida se repuso y prosiguió su relato.

–Entonces, los hermanos Lumière inventaron el cine. Me enamoré de su invento a primera vista, y les pedí de inmediato que me vendieran una cámara. Ellos se negaron, así que decidí construir una con mis propias manos. Lo hice usando muchas de las piezas que me habían sobrado del autómata. Pronto descubrí que no era el único mago que se había sentido atraído por el cine. Fuimos muchos los que percibimos que se había inventado una nueva forma de magia y quisimos formar parte de ella. Mi bella esposa se convirtió en mi musa, mi estrella. Hice cientos de películas; todos creíamos que aquello no se acabaría jamás. ¿Cómo iba a terminar algo tan maravilloso? Pero luego estalló la guerra y, cuando acabó, ya había mucha competencia en el mundo del cine. Y así lo perdí todo; recuerdo con horror el día en que tuve que decirles a mis empleados que ya no podía mantenerlos. Pero cuando pensaba que las cosas ya no podían ir peor, dos de mis amigos más queridos, un cámara y su mujer, murieron en un terrible accidente de tráfico. Solo su hijita sobrevivió.

–¿Era yo? –exclamó Isabel.

–Sí, eras tú.

–Entonces, ¿mi padre hacía películas contigo?

–Tu padre trabajó de cámara en todas las películas que hice durante los últimos años en que funcionó mi estudio. Tu madre era maestra en una escuela de la localidad, y yo les tenía muchísimo cariño a los dos. Cuando murieron, Jeanne y yo te acogimos en nuestra casa… La verdad es que te convertiste en la única luz dentro de nuestra sombría vida. Obligué a tu madrina a prometer que no volvería a hablar de mis películas nunca más. Clausuré mi pasado, quemé todos mis decorados y el vestuario de todos mis montajes. Para sacar algo de dinero, tuve que vender las películas a un empresario que derritió los rollos de celuloide para hacer tacones de zapato. Aquel dinero me permitió comprar la juguetería de la estación. Y allí he estado atrapado desde entonces, obligado a oír el repiqueteo de los tacones de la gente a todas horas. Para mí, aquel ruido era un recordatorio constante de que mis películas habían desaparecido para siempre, de que hasta sus restos se iban desintegrando poco a poco... He pasado años obsesionado por esos fantasmas. Lo único que no tuve fuerzas para destruir fue el autómata, de modo que lo doné al museo de la ciudad. Pero nunca llegaron a exponerlo, y luego el edificio del museo se quemó. El último vestigio que me quedaba de mi vida anterior era una llave de repuesto para el autómata que le había dado a mi mujer como regalo de aniversario años atrás, e incluso aquello acabó por desaparecer. Creí que el autómata había salido para siempre de mi vida... pero me equivoqué. Había sobrevivido milagrosamente. Decidme, ¿dónde está?

–Lo tengo guardado en la estación –respondió Hugo.

–¿Y qué hace allí?

–Es una historia muy larga...

–Tráemelo, Hugo.

–Sí, señor –repuso el niño–. Estaré de vuelta en un abrir y cerrar de ojos.

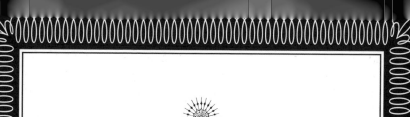

9

El fantasma de la estación

Hugo se puso los zapatos y echó a correr bajo la lluvia hacia la estación. Al llegar vio que aún estaba llena de viajeros. Iba a ser difícil sacar el autómata de la red de corredores ocultos sin que lo viera nadie, pero Hugo estaba impaciente por llevárselo a Georges Méliès. Meneó la cabeza de un lado a otro para sacudirse el agua del pelo, como un perrillo, y luego echó a correr por los atestados pasillos, con el cuerpo vibrante por la emoción. Le dolía la mano y sabía que no le iba a ser fácil acarrear el autómata hasta el apartamento, así que se detuvo en la cantina para coger un poco de hielo. Teniendo cuidado de que no lo viera nadie, agarró un puñado y aprovechó para sisar una botella de leche. Cuando estaba a punto de marcharse, oyó lo que el dueño del quiosco de prensa le decía a la cantinera:

–... No me lo puedo creer, señora Emile. ¿Aquí, dice? ¿Pero está usted segura, señora Emile?

–¡Desde luego, señor Frick! Tengo una amiga que trabaja limpiando la comisaría y oye muchas cosas –respondió ella–. Esta mañana me la encontré cuando venía a trabajar, y me dijo que la policía había encontrado un cadáver en el fondo del Sena hace unos días.

Hugo estaba deseando marcharse, pero había algo en las palabras de la señora Emile que le intrigaba. Se acurrucó junto a la puerta de la cantina y aguzó el oído.

–Aún no lo sabe nadie, ¡pero ya verá cómo se corre la voz! –prosiguió la cantinera–. Estaban dragando el río cuando encontraron el cuerpo de un ahogado. Parece que llevaba mucho tiempo muerto, tal vez años, incluso. Mi amiga me dijo que solo lograron identificarlo ayer por la noche, y que si pudieron hacerlo fue gracias a la petaca plateada que llevaba en un bolsillo de la chaqueta. Les llevó unos días limpiarla del todo para poder leer el nombre que tenía grabado en la base. ¿Y sabe usted quién resultó ser, señor Frick?

Hugo ya sabía la respuesta.

–¿Se acuerda usted de aquel borrachín que se ocupaba de los relojes de la estación? –dijo la señora Emile tras hacer una dramática pausa–. ¡Pues era él, ni más ni menos! ¡Y llevaba años muerto!

Hugo sabía que se equivocaba en aquel punto. Su tío Claude solo podía llevar muerto unos meses; pero no iba a ser él quien corrigiera a la cantinera.

–¡Dios mío! –exclamó el señor Frick, que estaba acostumbrado a poseer la exclusiva de las primicias en aquella estación–. Bueno, supongo que nadie lo habrá echado de menos, y con razón.

–¿Pero no se da usted cuenta de lo que significa esto? Los relojes de la estación deberían haberse parado cuando el relojero se ahogó, porque no quedó nadie que pudiera darles cuerda. Pero en vez de pararse, ¡siguieron funcionando perfectamente! El relojero descansaba cómodamente en el fondo del río; no querría que lo molestaran, así que su fantasma siguió cuidando de los relojes. Pero en cuanto han ido a molestarlo, ¿ve usted lo que ha pasado? ¡Los relojes han empezado a estropearse uno tras otro! ¡Tenemos un fantasma en la estación!

En aquel momento, Hugo dejó caer inadvertidamente el hielo y la botella de leche, y esta última se rompió con estrépito. La señora Emile se dio la vuelta en redondo y lo vio de inmediato.

—¡Mi leche! —chilló—. ¡Ese es el raterillo que me ha estado robando!

Hugo se internó entre la muchedumbre tan rápido como pudo y desapareció por el primer respiradero que vio en la pared, aún mareado por la impresión de lo que acababa de oír.

Cuando llegó a su cuarto, se sentó unos minutos para recobrar el aliento, pero luego recordó que había prometido regresar a casa de Isabelle en seguida y empezó a apartar las cajas que ocultaban el escondrijo del autómata.

Cuando acabó, arrastró al hombre mecánico hasta el centro del cuarto y se puso a dar vueltas en torno a él, tratando de imaginar cómo podría acarrearlo con su mano lesionada.

Al fin se decidió, lo tapó por completo con el cobertor de tela para que no se mojara y lo rodeó con un brazo. Con la mano buena lo empujó para apoyárselo en el hueco del codo y logró levantarlo con gran esfuerzo, sin poder reprimir un gemido de dolor. Avanzó tambaleante hacia la puerta, pero al levantar la vista se dio cuenta de que la había cerrado al entrar, llevado por la costumbre. Pensó que, para abrirla, iba a tener que dejar de nuevo al hombre mecánico en el suelo, y estaba preguntándose cómo hacerlo sin que le doliera demasiado cuando oyó que alguien llamaba a la puerta.

—¿Eres tú, Isabelle?

La puerta se abrió de golpe y, por un instante, lo único que vio Hugo fue un borrón verde que ocupaba todo su campo visual: era el inspector de la estación, que se abalanzó al interior del cuarto como un torbellino, seguido de la señora Emile y el señor Frick. El inspector agarró a Hugo del brazo; el niño soltó un chillido de dolor y dejó caer el autómata, que aterrizó en el suelo con un ominoso crujido.

–¡Es él! –berreó la señora Emile–. Lleva meses robándome leche y cruasanes.

–Sí, yo lo vi todo –corroboró el señor Frick–. ¡Es un ratero!

–Se lo agradezco mucho a los dos –repuso el inspector–. Ha sido una suerte que pudieran seguirlo. Y ahora, por favor, dejen que me haga cargo de la situación.

–¿Dónde estamos? –preguntó el señor Frick mirando a su alrededor.

–En el apartamento del relojero de la estación –contestó el inspector.

–¿Del relojero? –dijo la señora Emile con un hilo de voz.

El señor Frick y ella palidecieron como dos fantasmas y salieron corriendo del cuarto de Hugo.

El inspector soltó un bufido desdeñoso y se volvió para mirar a Hugo, que se debatía tratando de liberarse.

–¡Estate quieto, chico! –gritó el inspector, con el rostro congestionado por la ira. Luego posó la mirada en el bulto informe que yacía en el suelo y la expresión de su rostro cambió bruscamente de la furia a la perplejidad–. ¿Qué está pasando aquí, chico? ¿Qué es eso?

Hugo estaba tan cerca del inspector que distinguía algunos detalles de los que nunca se había dado cuenta. Tenía varios dientes cariados, y le faltaba la parte superior de una oreja. Además, olía un poco a repollo.

Sin soltar a Hugo, el inspector se agachó y apartó la tela que cubría el autómata hasta dejarlo al descubierto. Había aterrizado de lado, y tenía el cuello doblado hacia atrás.

–¿Pero se puede saber qué rayos…? –exclamó.

El inspector comenzó a registrar la habitación. Abrió todos los armarios y asomó la cabeza por todas las puertas, hasta que, al cabo de un rato, encontró un montoncito de sobres. Eran los cheques de la paga del tío Claude, que Hugo no había llegado a cobrar.

–¿Qué le ha pasado al relojero? –preguntó el inspector–. ¿Cómo has podido enterarte de que había túneles dentro de las paredes, cómo has llegado hasta este apartamento? ¿Dónde está el señor Claude?

–Suélteme, señor inspector –suplicó Hugo–. Tengo dos dedos rotos en esta mano… Agárrame del otro brazo, por favor, ¡me está haciendo daño!

Al ver el vendaje de Hugo, el inspector aflojó los dedos, y el niño aprovechó aquella oportunidad para echar a correr como un animal acorralado.

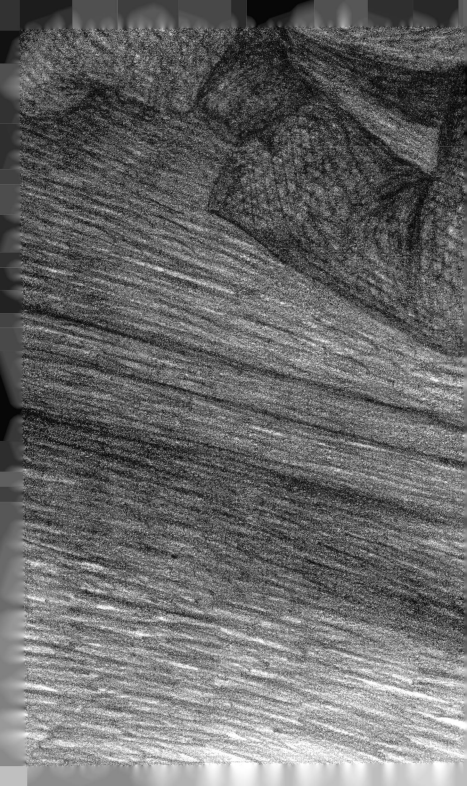

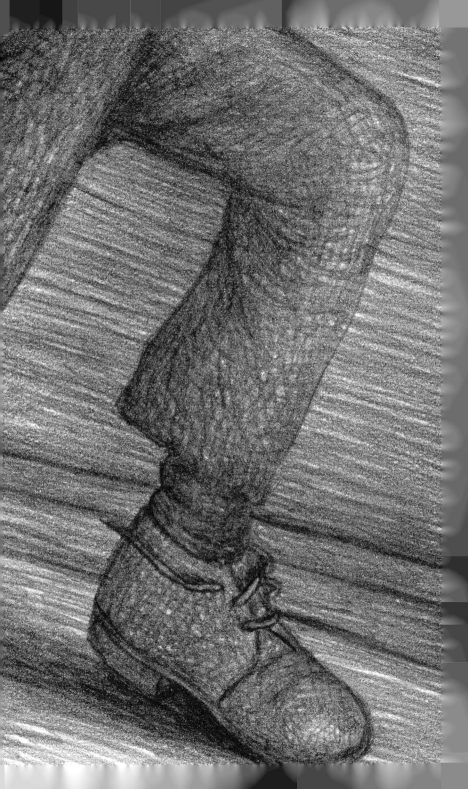

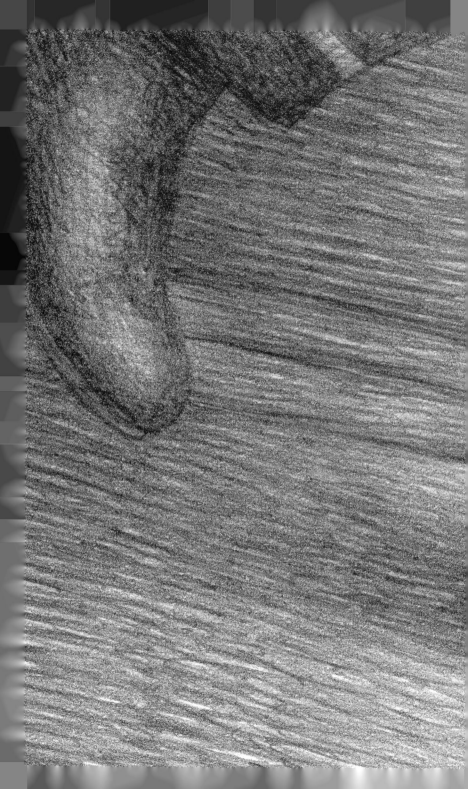

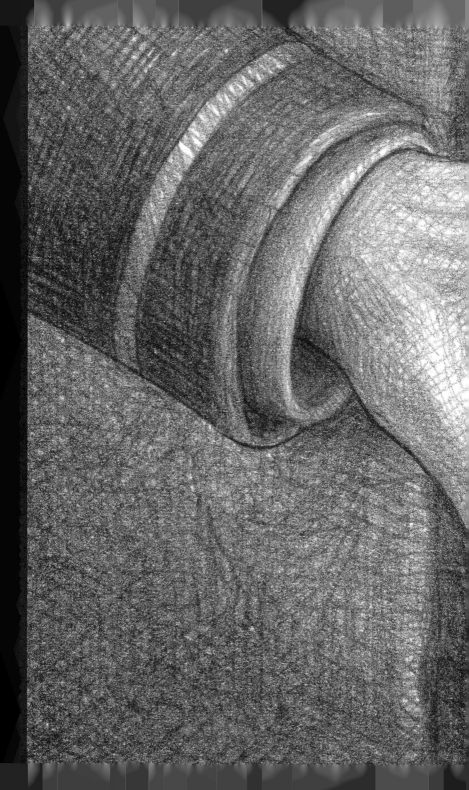

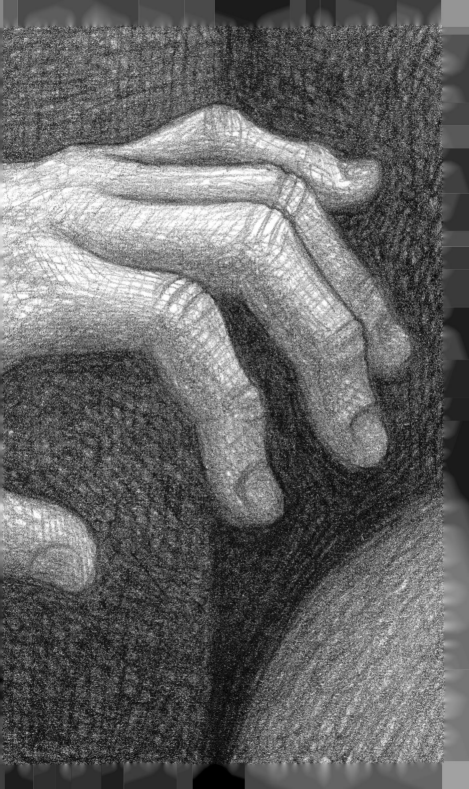

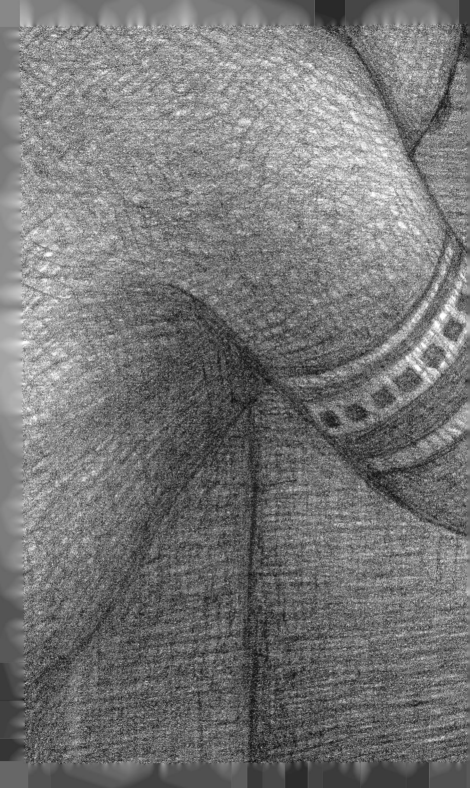

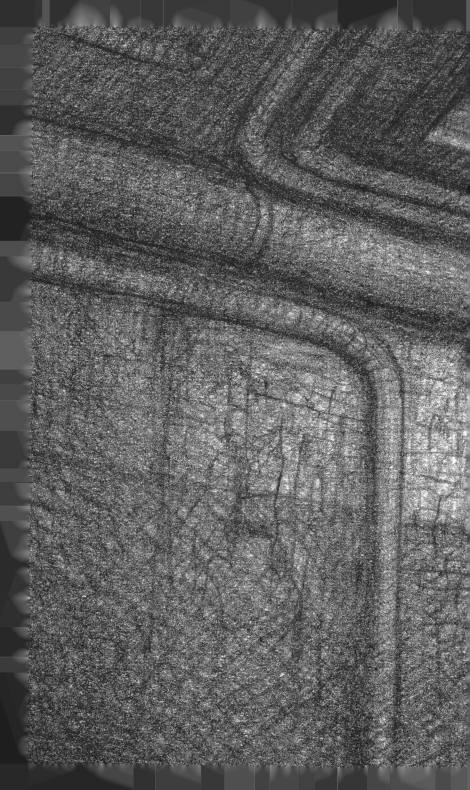

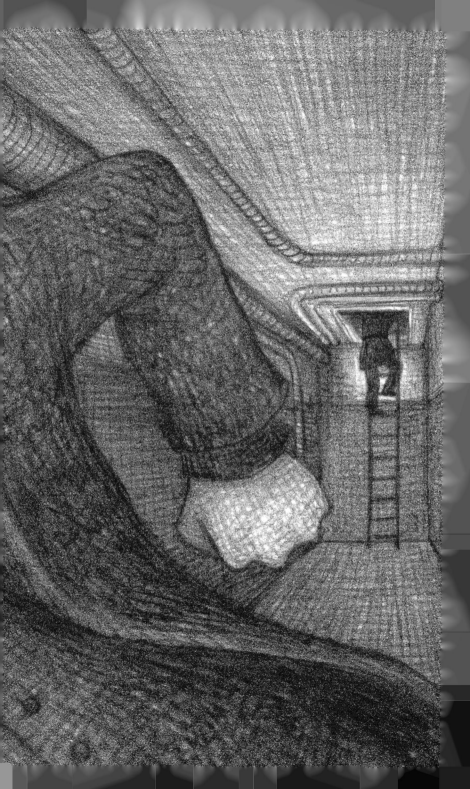

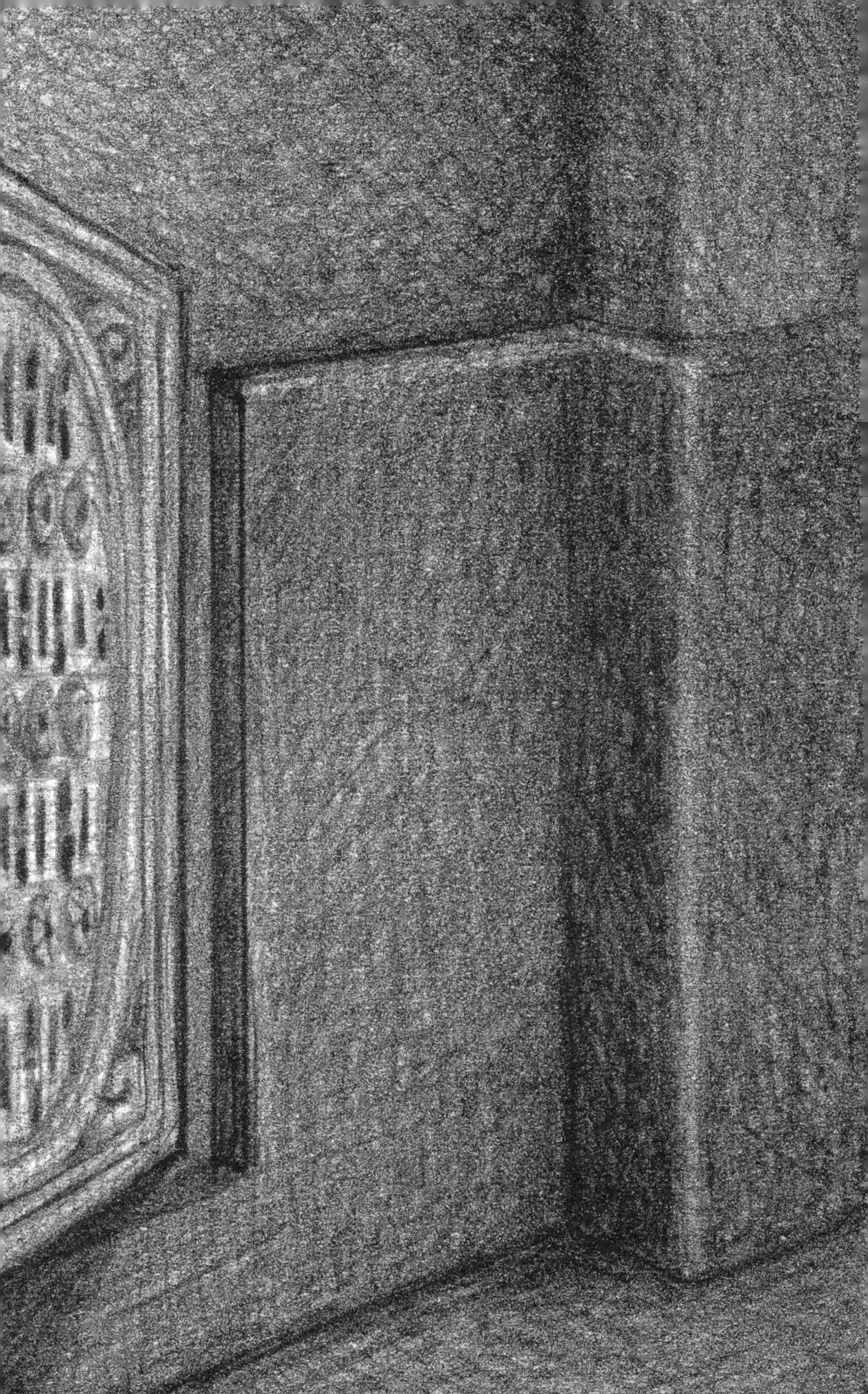

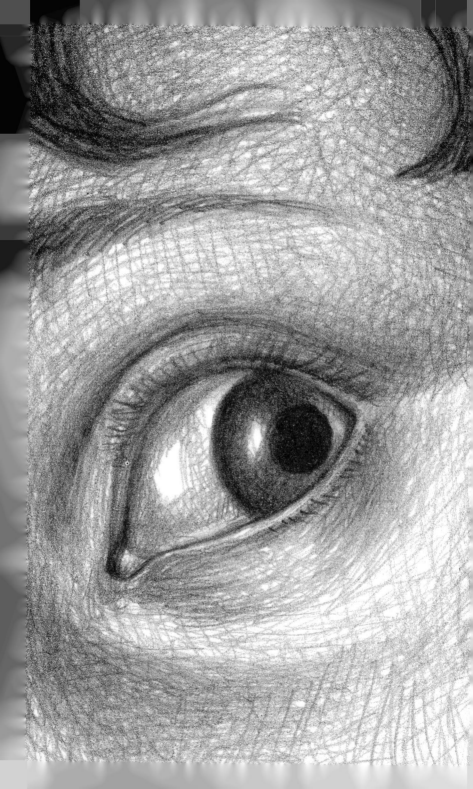

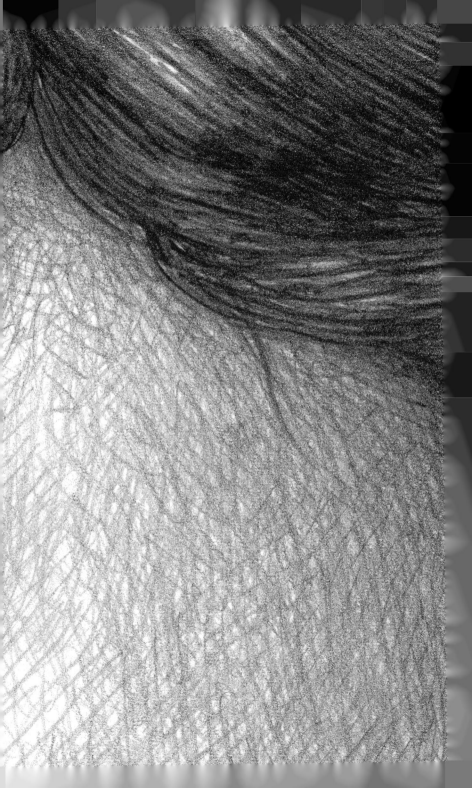

«¡Plaf!»

Hugo se estrelló contra la espalda de un hombre, cayó de bruces, miró hacia arriba y vio cómo la mano del inspector de la estación se volvía a cerrar en torno a su brazo. Se volvió hacia el otro lado en busca de alguna vía de escape, pero la señora Emile y el señor Frick se abrieron paso entre el gentío para abalanzarse sobre él como dos buitres hambrientos, lo agarraron sin contemplaciones y lo obligaron a ponerse de pie.

–¡Suéltenme! –gritó Hugo, con los ojos rebosantes de lágrimas.

El inspector se inclinó sobre él hasta que sus rostros estuvieron casi pegados, mientras la cantinera y el quiosquero lo inmovilizaban sujetándole los brazos.

–De eso nada, muchacho. Tú te vienes conmigo al calabozo ahora mismo –siseó el inspector.

10

La llegada
de un tren
a la estación

–¿Qué hacemos con él? –preguntó el señor Frick.

–Síganme –dijo el inspector a modo de respuesta, encaminándose hacia su despacho.

Cuando llegaron, el inspector abrió la puerta de la jaula de metal que había en una esquina de la estancia, hizo entrar a Hugo de un empujón, echó rápidamente la llave y se la guardó en un bolsillo.

Los peores miedos de Hugo se acababan de hacer realidad.

El inspector se volvió hacia la señora Emile y el señor Frick.

–Les prometo que esta vez no lo dejaré escapar. Voy a llamar a la policía ahora mismo, y pueden estar seguros de que esta sabandija escurridiza no volverá a molestarlos nunca más –dijo sonriente. Pero su sonrisa no era amistosa; era más bien una mueca mezquina y amenazadora.

La señora Emile y el señor Frick se despidieron del inspector y le dejaron a solas con Hugo. El inspector telefoneó a la comisaría, y cuando colgó miró a su prisionero.

–¿Estás seguro de que no quieres confesar ahora? ¿No? Bien, pues entonces volveré dentro de un rato con unos cuantos amigos. No se te ocurra marcharte… –le dijo, soltando una fea carcajada.

El inspector salió, cerrando la puerta a sus espaldas, y Hugo se quedó acurrucado en una esquina de la jaula como un animalillo mojado y tembloroso. Cuánto le habría gustado tener con él en aquel momento a Isabelle con una de sus horquillas.

Hugo estuvo solo mucho rato. Sabía lo que iba a ocurrir a continuación: lo meterían en algún correccional u orfanato, y el hombre mecánico acabaría en la basura. Nunca más vería a Isabelle ni a sus padrinos. Hugo se tapó los ojos con las manos. Al cabo de un rato, la puerta del despacho se abrió y en el umbral apareció el inspector flanqueado por dos policías. Hugo se puso en pie y se pegó aún más a la esquina de la jaula.

–¿No dice nada? –preguntó un policía.

–Nada en absoluto –respondió el inspector.

–Bueno, tal vez una pequeña visita a la comisaría le suelte la lengua. Vamos, chico, tu carruaje te espera a la salida.

El inspector de la estación abrió la puerta de la jaula; Hugo vio que ante él se abría una nueva oportunidad y se abalanzó para aprovecharla. Pasó entre los dos policías como una exhalación, llegó al vestíbulo principal y volvió a mezclarse entre el gentío.

La estación estaba abarrotada, y Hugo fue rebotando de una persona a otra mientras trataba de abrirse paso. Cuando al fin llegó a un espacio despejado, ya no sabía dónde estaba. Se dio la vuelta y vio que el inspector de la estación se acercaba peligrosamente, con los dos policías pisándole los talones. Tras ellos, Hugo creyó ver también a la señora Emile y el señor Frick.

Siguió avanzando a toda prisa, tropezó con unos pasajeros que corrían para no perder el tren, perdió el equilibrio y aterrizó sobre la mano rota, lo que le hizo gritar de dolor. Aun así logró levantarse, frenético por alcanzar la puerta principal y salir a la calle. Pero las lágrimas hacían que lo viera todo borroso, y echó a correr exactamente en dirección opuesta. No había avanzado mucho cuando tropezó y volvió a caer. Pero esta vez no aterrizó en el suelo, sino varios metros más abajo: había caído sobre una vía. Levantó la mirada y vio la parte delantera de una locomotora que entraba en la estación a toda velocidad. Le pareció oír un grito a sus espaldas.

Los frenos del tren emitieron un estruendoso chirrido, acompañado por el ruido estridente de las ruedas metálicas al resbalar sobre la vía. A Hugo le dio la impresión de que la estación entera estaba a punto de derrumbarse sobre su cabeza. El negro morro de la locomotora se precipitaba sobre él sin que pudiera hacer nada por evitarlo. Le parecía estar viendo una película.

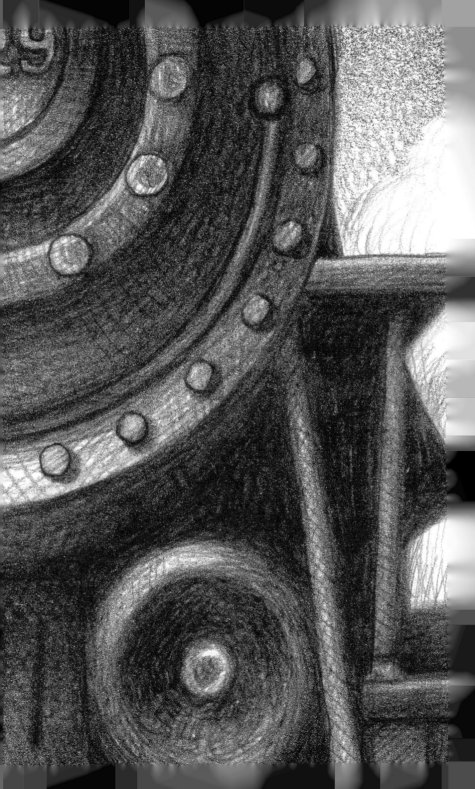

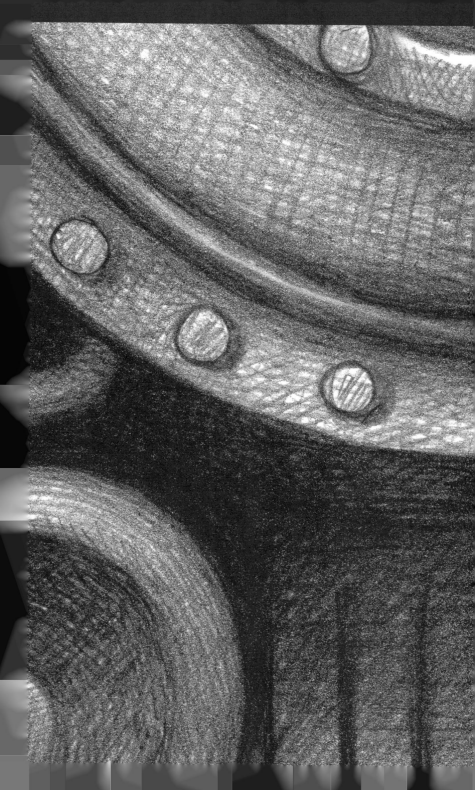

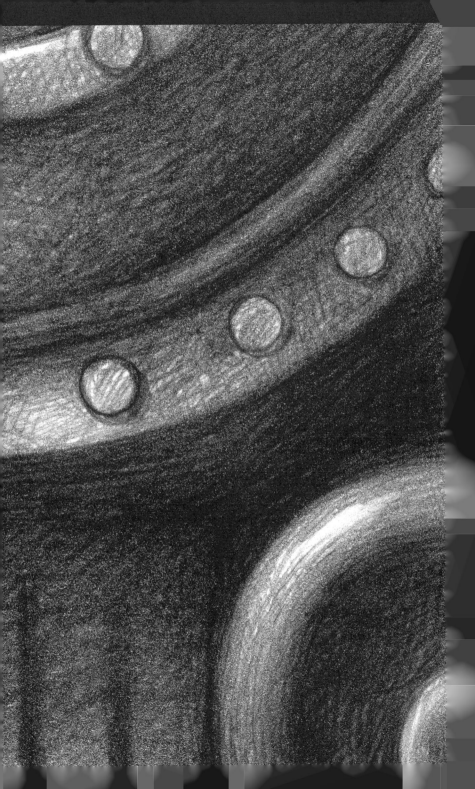

Cuando el desastre parecía inevitable, alguien agarró a Hugo del cuello de la chaqueta y tiró de él hasta dejarlo a salvo en el andén. Hugo vio la nube de humo que exhalaba la locomotora y la estela de chispas que salía de cada una de sus ruedas. La cabeza le daba vueltas.

Durante unos minutos reinó el silencio en el andén, solo interrumpido por el silbido de una nube de vapor al salir de la chimenea del tren. A Hugo le dio la impresión de que la locomotora había soltado un suspiro de alivio.

Para los pasajeros de aquel tren, no había sucedido nada fuera de lo normal: lo único que habían percibido era que su tren había entrado en la estación. Pero para Hugo, el mundo entero había estado a punto de acabarse.

Notó cómo el inspector volvía a agarrarle el brazo, produciéndole un dolor palpitante en la mano lesionada. Se volvió, solo para ver a los policías desprendiéndose las esposas de los cintos, y entonces el dolor y el miedo acabaron por vencerlo.

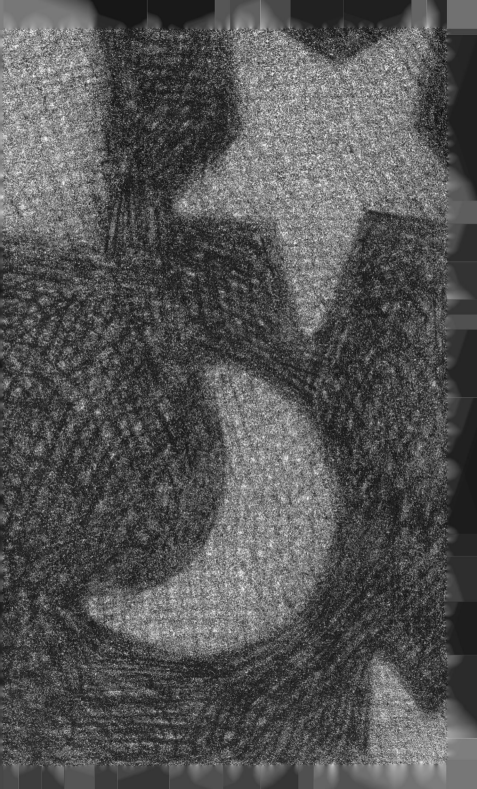

Cuando Hugo abrió los ojos, lo único que vio fueron estrellas. Estrellas, lunas y algo que se asemejaba a un cohete espacial. Ante sus ojos estaba la capa que aparecía en *El viaje a la luna*, y quien la portaba era Georges Méliès.

–Bienvenido al mundo, Hugo Cabret –dijo el viejo mago. Estaba sentado en un banco del despacho del inspector, y sostenía la cabeza de Hugo en el regazo. Tras ellos estaba Isabelle, apoyada en sus muletas.

–Bebe esto –le dijo Isabelle a Hugo, ofreciéndole un vaso de agua–. Ya sabía yo que algo iba mal; estabas tardando tanto en volver a casa… Papá Georges se empeñó en venir conmigo a buscarte.

El inspector de la estación hizo ademán de aferrar a Hugo una vez más, pero se detuvo al oír la voz altisonante del viejo mago:

–¡No se le ocurra tocar al muchacho!

–Lo siento, señor. Pero, como le dije antes, hace un rato sorprendimos a este chico robando en la cantina. También parece haber robado en la casa del relojero, quien, además, desapareció misteriosamente hace algún tiempo. Creemos que el chico tiene algo que ver con ello.

Hugo vio por el rabillo del ojo a la señora Emile y el señor Frick, que se habían logrado colar en el despacho y estaban escuchando con gran atención.

–Cuéntale lo que sabes, Hugo –dijo Georges Méliès.

Hugo le miró a los ojos. La mirada del viejo mago desprendía una calidez y un cariño nuevos para Hugo.

–No te preocupes, hijo –le susurró el viejo–. Vas a venir a casa con nosotros. Y ahora, cuéntale todo lo que sabes al inspector.

Hugo levantó la mirada y comenzó su relato.

–El relojero era mi tío, y yo era su aprendiz. Pero bebía mucho, y hace algún tiempo desapareció para no volver, y yo tuve que robar leche y cruasanes porque no tenía nada para comer. Desde entonces he estado cuidando los relojes yo solo, y ahora mi tío está muerto y la noticia va a salir mañana en todos los diarios.

El inspector escrutó la cara de Hugo con el ceño fruncido y, tras unos segundos que a Hugo le parecieron eternos, se echó a reír para sorpresa del niño. Los dos policías que esperaban a sus espaldas lo observaron atónitos.

–¿Tú? –dijo el inspector–. ¿Me estás diciendo que tú solo has podido mantener y revisar todos los relojes de la estación? ¿Sin ayuda? ¿Tú, un chaval de diez años? ¿Y pretendes que me lo crea?

–No tengo diez años, tengo doce –repuso Hugo.

El inspector siguió riéndose.

–Mire, buen señor –dijo mirando a Georges Méliès–, me parece que su amiguito tiene una gran imaginación. ¿Cómo va a estar muerto el relojero? ¡Me habría enterado de ello, sin duda!

–Pero es que está muerto –intervino la señora Emile–. El chico está diciendo la verdad.

–Sí, es cierto –añadió el señor Frick.

–Pero entonces, ¿qué era esa... esa cosa que estabas robando del apartamento del relojero?

–¡No lo estaba robando! –repuso Hugo. Luego miró al viejo mago–. Se me cayó y ha vuelto a romperse. Lo siento...

–No te preocupes por eso ahora. Seguro que volvemos a arreglarlo en un periquete entre los dos.

Georges Méliès volvió a mirar al inspector.

–Uno no puede robarse a sí mismo, ¿no cree? Y ese autómata pertenece al chico. En cuanto a usted, señora –añadió, dirigiéndose a la cantinera–, ya buscaremos alguna forma de compensarla por la leche y los cruasanes que le ha cogido Hugo. Y ahora, si no les importa, creo que ya es hora de que salgamos de esta estación.

Georges Méliès ayudó a Hugo a ponerse en pie, envolvió a los dos niños en los suaves pliegues de su capa y los condujo hasta su casa.

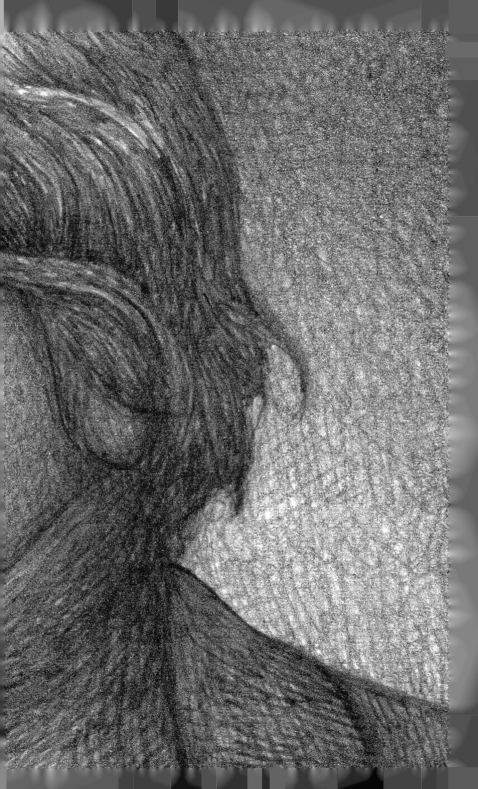

SEIS
MÁS

IESES

ARDE

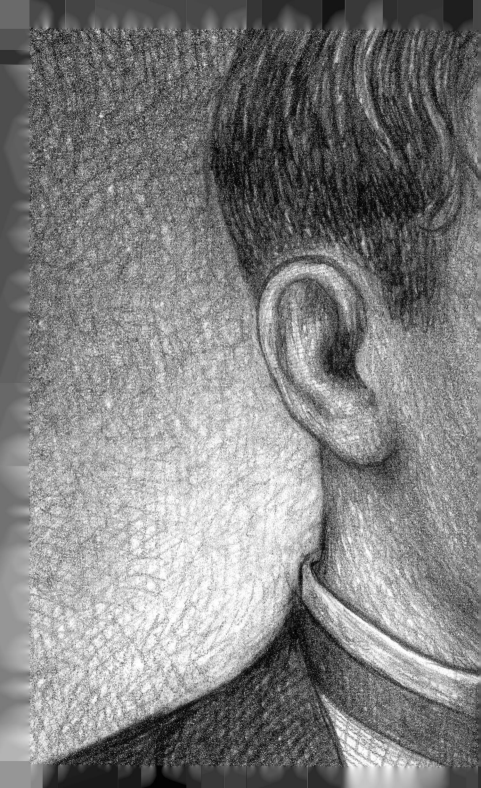

11

El mago

HUGO SE ENFUNDÓ EN SU ESMOQUIN y manoseó un poco los botones, admirándose de lo suaves y brillantes que eran. Frente a él había un espejo; Hugo vio su reflejo por el rabillo del ojo y se demoró un instante para observarlo atentamente, pensando que había crecido mucho.

El señor y la señora Méliès habían acondicionado un pequeño trastero que había en su apartamento para que fuera la habitación de Hugo, y ahora vivía con ellos. La Academia Francesa de Artes Cinematográficas, a instancias de René Tabard, había conseguido que el Estado entregara una buena suma a la familia Méliès, y una parte de aquel dinero había servido para amueblar el nuevo cuarto de Hugo. A un lado de la habitación había un pequeño banco de trabajo, cubierto de animalitos mecánicos construidos con piezas de relojes y de artilugios mágicos de muy diversas formas y colores que Hugo había hecho con sus propias manos. El curso escolar había comenzado hacía algunos meses, y Hugo tenía también un escritorio para estudiar y hacer los deberes. Además, en la habitación había varias estanterías abarrotadas de libros y recuerdos de la Exposición Universal de París, a la que había acudido con Isabelle un mes antes. El cuaderno de su padre estaba guardado en una caja que tenía metida en el cajón de la mesilla, y el suelo de la habitación estaba cubierto de papeles con dibujos. Además, Hugo había reservado un cajoncito del escritorio para meter las entradas de todas las películas que iba a ver con Isabelle.

En la penumbra del nuevo cine que había abierto en las cercanías, Hugo viajaba hacia atrás en el tiempo para ver dinosaurios, piratas y vaqueros del lejano Oeste, y también visitaba el futuro, que estaba lleno de robots y ciudades tan colosales que no dejaban ver el cielo. Montaba en avión y cruzaba el océano en barco; en la oscuridad del patio de butacas, Hugo pudo ver por vez primera la jungla, el mar y los desiertos, y decidió visitar todos aquellos lugares cuando fuera mayor.

En una esquina de su habitación reposaba el autómata, que Hugo y papá Georges habían reparado hasta dejarlo como nuevo.

Hugo se llenó los bolsillos de barajas y pequeños artilugios mágicos, como hacía siempre antes de salir de casa, comprobó la hora en su reloj ferroviario y llamó a la puerta del cuarto de Isabelle. Ella abrió, vestida con un traje tan blanco que parecía relucir.

Georges Méliès los esperaba en el salón, ataviado con un esmoquin y con su capa negra de estrellas y planetas (que, tras pasar por las hábiles manos de su mujer, estaba tan limpia, resplandeciente y colorida como si fuera nueva). A su lado estaba la señora Méliès, con un vestido que brillaba como el agua. Al cabo de un momento llegó Etienne, muy elegante con su flamante esmoquin negro y su parche recién estrenado.

Hugo cogió la invitación que había sobre la mesa:

La Academia Francesa de Artes Cinematográficas
se complace en invitarles
a la velada conmemorativa de la vida y obras
del legendario cineasta
G E O R G E S   M É L I È S

Por la esquina del callejón aparecieron dos resplandecientes automóviles que venían a recogerlos. Los automóviles se detuvieron frente al portal del edificio, y la familia Méliès y Etienne salieron a su encuentro.

–¡Esperad un momento! –exclamó Isabelle–. ¡Casi se me olvida la cámara!

La niña volvió corriendo a su habitación para recoger la cámara negra y plateada que le habían regalado sus padrinos por su cumpleaños.

–¿Puedes guardarme estos carretes? Creo que esta noche voy a necesitar muchos –le dijo Isabelle a Hugo, quien se guardó en un bolsillo del esmoquin los carretes que le ofrecía su amiga–. Toma, hace tiempo que quiero darte esto –añadió Isabelle, entregándole a Hugo una fotografía que le había sacado junto a sus viejos amigos Antoine y Louis. La imagen los mostraba a los tres abrazados y riendo a carcajadas.

–Muchas gracias –dijo Hugo con una sonrisa, guardándose la fotografía en el bolsillo de la pechera.

Isabelle se colgó la cámara al cuello, teniendo cuidado de que el cordón del que pendía no se enredara con la cadenita de la llave que siempre llevaba puesta.

Los chóferes ayudaron a los cinco a montar en los automóviles y los condujeron a toda velocidad hasta la Academia.

–La última vez que estuve en la Academia fue hace muchísimos años –dijo el viejo mago cuando ya casi habían llegado a su destino–. Tal vez les pida que me enseñen el Prometeo que pinté cuando era joven.

–¿Fuiste tú quien pintó ese cuadro, papá Georges? –preguntó Hugo, atónito–. ¡Sabía que era Prometeo! Vi el cuadro en la biblioteca de la Academia, ¿sabes?

–Ah, ¿sigue ahí colgado? Me alegro de oírlo. Así que conocéis el mito de Prometeo, ¿eh?

Los dos niños asintieron.

–Pues entonces, sabréis que Prometeo consiguió escapar al cabo de muchos años. Rompió sus cadenas y logró ser libre de nuevo –dijo papá Georges guiñando un ojo–. ¿Qué os parece?

Cuando todos estuvieron sentados en las butacas que tenían reservadas, el señor Tabard subió al estrado.

–Buenas noches, damas y caballeros –dijo–. Comenzaré por presentarme: me llamo René Tabard, y voy a ser el guía que les conduzca por esta mágica velada. Nos hemos reunido hoy aquí para homenajear a Georges Méliès, un pionero del cine francés que supo llevar la magia a las películas. Durante muchos años pensamos que sus obras se habían perdido irremediablemente; de hecho, creíamos que el propio Georges Méliès había desaparecido. Sin embargo, esta noche queremos ofrecer una maravillosa sorpresa a todos los amantes del cine: el señor Méliès está con nosotros, y aún perviven algunas de sus películas. Gracias al trabajo infatigable de uno de los alumnos de la Academia, Etienne Pruchon, y a la ayuda de Hugo e Isabelle, los dos valientes muchachos que los señores Méliès han acogido en su hogar, hemos podido llevar a cabo una labor de investigación que ha tenido excelentes resultados. Animados por el hallazgo de una película en el sótano de la Academia, Etienne, Hugo e Isabelle han registrado diversos depósitos y archivos que llevaban años cerrados. Han examinado exhaustivamente diversas colecciones privadas, y han llegado a visitar lugares tan extraños como graneros y catacumbas. Sus esfuerzos han fructificado en una rica cosecha de viejos negativos, cajas de fotografías y baúles llenos de rollos de película que, si bien estaban algo dañados por el tiempo, han podido ser restaurados. A resultas de esto, hoy disponemos de unas ochenta películas realizadas por el señor Méliès. No son más que una pequeña parte de las más de quinientas que produjo, pero tengo la seguridad de que, en los años venideros, reaparecerán otras.

El señor Tabard se interrumpió para carraspear y luego prosiguió.

–Georges Méliès era mi héroe de infancia, y me satisface enormemente que hayamos podido descubrirlo de nuevo. Y ahora, acomódense en sus butacas y dispónganse a soñar. Porque, damas y caballeros, tengo el honor de presentarles el universo de Georges Méliès.

Se oyó una oleada de vítores y aplausos.

Las luces se apagaron, el telón se abrió y la orquesta comenzó a tocar. Una tras otra, las películas que retrataban el universo de Méliès se reflejaron en la pantalla por primera vez en más de una década.

La última película que se proyectó fue *El viaje a la luna*.

Cuando terminó, Hugo miró a Isabelle. En las mejillas de su amiga relucían dos finos regueros de lágrimas.

Las luces de la sala se encendieron y el presentador de la ceremonia pidió a Georges Méliès que subiera al escenario para hacerle entrega de una corona de laurel dorado. Méliès se acercó al estrado y se dirigió al público en un tono profundo y lleno de emoción:

–Estoy mirando a todos los que han querido acompañarnos en esta velada, y quisiera decirles que no veo un auditorio lleno de parisinos ataviados con sombreros de copa, joyas y vestidos de seda. No veo banqueros, amas de casa o dependientes. No. Hoy me dirijo a ustedes viéndolos como lo que realmente son: sirenas, viajeros, aventureros y magos. Ustedes son los verdaderos soñadores.

Cuando la ceremonia tocó a su fin, la familia Méliès y todos sus amigos se reunieron en un restaurante cercano para celebrar una pequeña fiesta. Isabelle se pasó la noche haciendo fotos y, después de la cena, Hugo se sentó tras una mesa y empezó a hacer trucos de magia.

Pronto, los demás comensales hicieron corro a su alrededor.

Georges Méliès se acercó a Hugo y le posó una mano en el hombro.

–Quiero que todos ustedes recuerden este momento –anunció, dirigiéndose a los espectadores congregados en torno al niño–. Si no me equivoco, esta es la primera representación en público que ofrece el profesor Alcofrisbas.

Hugo levantó la vista, confundido.

–¿Quién es el profesor Alcofrisbas? –preguntó.

–¡Tú, hijo! El profesor Alcofrisbas es un personaje que aparece en muchas de mis películas. A veces es un explorador, otras un alquimista capaz de convertir cualquier objeto en oro… Pero, sobre todo, es un mago. Un mago que acaba de aparecer en el mundo real ahora mismo, en este restaurante.

En aquel preciso instante, Hugo sintió que todos los engranajes del mundo se colocaban en su sitio. En algún lugar, un reloj tocó las doce, y las piezas que componían el futuro de Hugo encajaron suavemente.

12

Cuerda para rato

A VECES, EL TIEMPO CAMBIA LAS COSAS como por arte de magia.

En un abrir y cerrar de ojos aparecen bebés en sus cochecitos, desaparecen ataúdes en sus fosas, se ganan y pierden guerras y los niños se metamorfosean como mariposas y reaparecen convertidos en adultos.

Eso es lo que me ocurrió a mí.

Había una vez un niño llamado Hugo Cabret, que era yo. Ese niño creía ciega y desesperadamente que un autómata estropeado iba a salvarle la vida. Ahora que he salido de mi crisálida convertido en el profesor Alcofrisbas, puedo volver la vista atrás y comprobar que estaba en lo cierto. El autómata que descubrió mi padre acabó por salvarme la vida.

Y ahora he construido un autómata nuevo.

He pasado innumerables horas diseñándolo. He tallado cada uno de sus engranajes, he troquelado todas sus ruedas dentadas y he dado forma con mis propias manos hasta a los detalles más nimios de su maquinaria.

Si se le da cuerda, hace algo que no creo que pueda hacer ningún otro autómata del mundo. Mi autómata es capaz de contar la increíble historia de Georges Méliès, su mujer y su ahijada, y el triste relato de un amable relojero cuyo hijo llegó a convertirse en mago.

La compleja maquinaria que está alojada en el interior de mi autómata es capaz de reproducir ciento cincuenta y ocho dibujos diferentes, y puede escribir letra por letra un libro entero compuesto de veintiocho mil ochocientas ochenta y nueve palabras.

Unas palabras que estáis acabando de leer en este preciso momento.

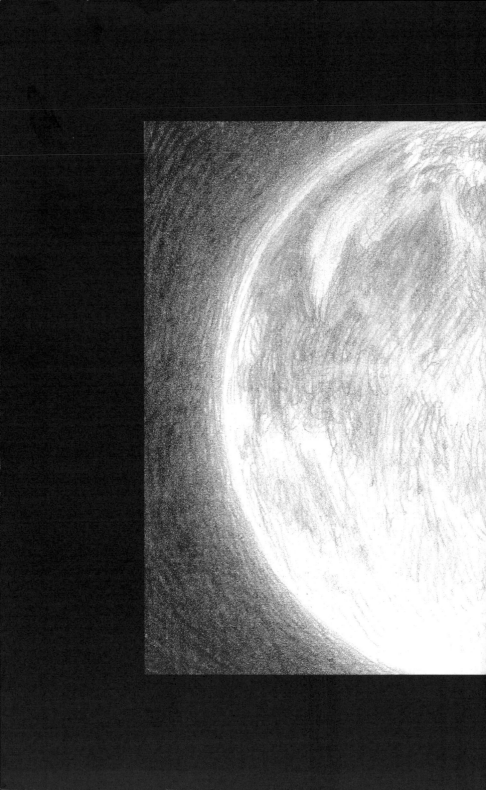

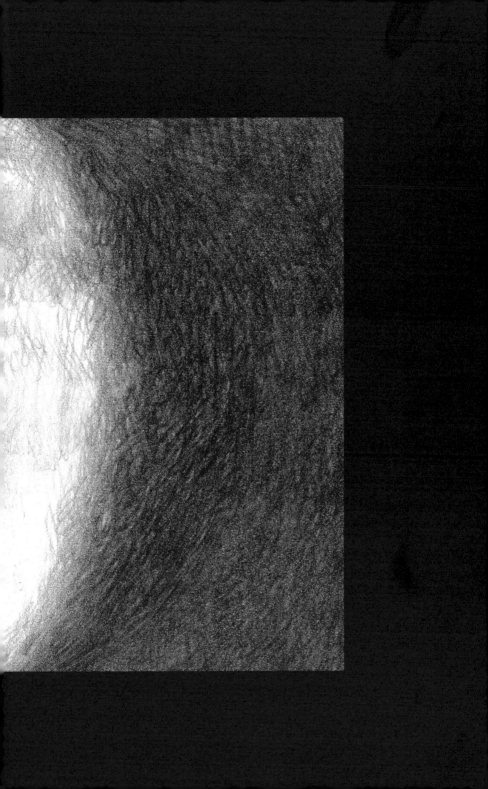

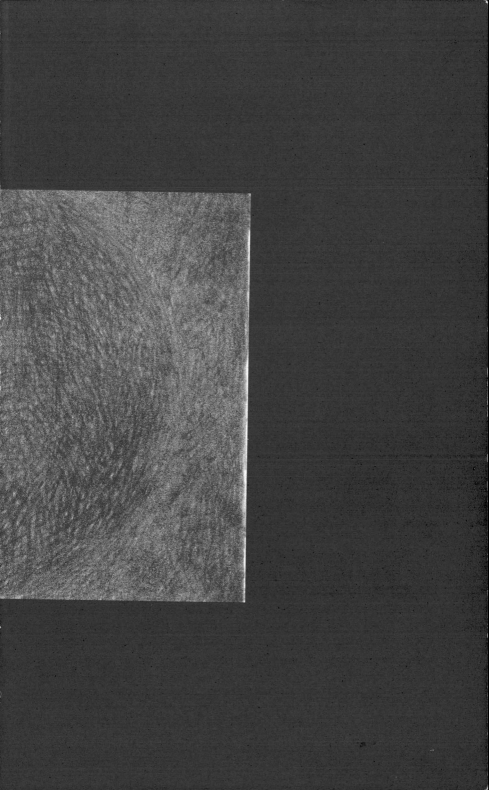

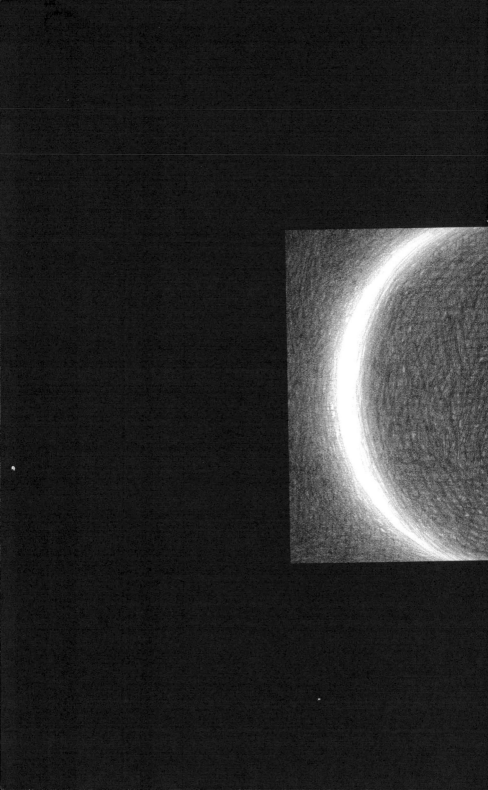

FIN

Agradecimientos

HE ACARICIADO DURANTE MUCHOS AÑOS la idea de escribir una novela sobre Georges Méliès, pero esta historia solo comenzó a tomar forma verdaderamente cuando llegó a mis manos el libro *Edison's Eve: A Magical History of the Quest for Mechanical Life*, de Gaby Wood. En ese libro encontré la historia de la colección de autómatas de Méliès, que fue donada a un museo cuyos responsables la arrinconaron en un desván del que solo salió para ir al basurero. Me imaginé lo que podría haber pasado si un niño hubiera encontrado aquellos autómatas en medio de la basura, y en aquel instante nacieron Hugo y su historia.

Quisiera agradecerle a Charles Penniman que pasara una tarde entera conmigo en el sótano del Franklin Institute de Filadelfia para mostrarme el funcionamiento de un autómata del siglo xix. Se trataba de un hombre mecánico que había llegado al museo en 1928, muy deteriorado por un incendio. Estaba estropeado, pero una vez que los restauradores del museo lo volvieron a poner en funcionamiento, descubrieron que podía reproducir cuatro dibujos diferentes y escribir tres poemas. Además, al igual que en la historia de ficción que yo había ideado –en la que Hugo reparaba el autómata y descubría que era obra de Georges Méliès al verlo firmar su dibujo–, el autómata del Franklin Institute firmó sus creaciones una vez reparado, lo que permitió averiguar a los responsables del museo que lo había fabricado un tal Maillardet.

En la siguiente página de Internet pueden encontrar fotografías del autómata de Maillardet y más información sobre él: http://www.fi.edu/pieces/knox/automaton/

Quisiera también dar las gracias a John Alviti por haberme proporcionado acceso al Franklin Institute.

Estoy muy agradecido a Lisa Milton, Andrea Pinkney y toda la plantilla de la editorial Scholastic por el apoyo y los ánimos que me han dado; a David Taylor y Charles Kreloff por el excelente diseño que han creado para este libro, y a Abby Ranger y Lillie Mear por la gran ayuda que me han prestado para coordinarlo todo.

Nunca agradeceré lo suficiente a Tracy Mack y Leslie Budnick el infatigable apoyo que me han prestado durante todo el proceso de escritura de *La invención de Hugo Cabret*. A lo largo de casi dos años me han ayudado a dar forma, archivar, estructurar, refinar y pulir este libro. No tengo palabras para expresar la gratitud que me inspiran. No exagero ni un ápice si digo que este libro no existiría sin ellas.

No menos agradecimiento merece Tanya Blumstein, mi enlace en París, por todas las personas que me presentó, los correos electrónicos que envió en mi nombre, los textos que tradujo y las muchísimas pistas útiles que me dio sobre Francia y los franceses. Fue una ayudante de valor incalculable. Y también quisiera agradecer las traducciones y llamadas de teléfono que hizo en mi nombre Etienne Pelaprat, cuyo nombre encontró un hueco en este libro.

También quiero dar las gracias al experto en historia del cine Glenn Myrent, a quien conocí a través de Tanya. Glenn me ayudó enormemente en París y resolvió muchas de las dudas que yo tenía sobre el primer cine francés.

No quiero olvidar en esta lista a Andy Baron, genio de la mecánica, que se pasó horas hablando por teléfono conmigo en su empeño por explicarme los aspectos técnicos de todo tipo de relojes, autómatas, engranajes, poleas, mecanismos y motores. Andy me dijo que Hugo le recordaba un poco a sí mismo cuando era pequeño, y estoy seguro de que a Hugo le habría halagado ese comentario.

Quisiera también citar a Melinda Barlow, que es profesora asociada de Ciencias Cinematográficas en la Universidad de Colorado, Boulder; a Claudia Gorbmann, profesora de Ciencias Cinematográficas, Artes Multidisciplinares y Programa Científico en la Universidad de Washington, Tahoma; y al profesor Tom Gunning, miembro del Comité de Cine y Medios de Comunicación de la Universidad de Chicago. Todos ellos me prestaron gran ayuda para conocer cómo fueron los inicios del cine en Francia. Me dieron consejos sobre las mejores películas de la época y sobre las que les podrían haber gustado a Hugo e Isabelle, y me ayudaron a comprender el universo de Georges Méliès y su increíble imaginación.

Sebastian Laws, de la Sutton Clock Shop, y Theodore Brachfeld, profesor de la Escuela de Relojería NAWCC, me ayudaron a adentrarme en los misterios de los mecanismos de relojería.

En esta lista de agradecimientos no pueden faltar los siguientes amigos y colegas por los muchos consejos, interés, tiempo, traducciones y opiniones sobre este libro que me han proporcionado: Lisa Cartwright, Deborah de Furia, Cara Falcetti, David Levithan, Peter Mendelsund, Billy Merrell, Linda Sue Park, Susan Raboy, Pam Muñoz Ryan, Noel Silverman, Alexander Stadler, Danielle Tcholakian, Sarah Weeks y Jonah Zuckerman.

Y, cómo no, tengo que dar las gracias a David Serlin por todo lo que ha hecho.

Créditos

Páginas 294-295, dibujo basado en *La Chrysalide et le papillon d'or*, 1901.

Páginas 296-297, dibujo de una cueva con murciélagos (boceto para un decorado)

De la colección del Britsh Film Institute:

Páginas 352-353, fotograma de *Le Voyage dans le lune*, 1902.

Páginas 356-359, dos fotogramas de *Escamotage d'una dame au théâtre Robert Houdin*, 1896.

Páginas 498-499, fotograma de *Deux cent mille lieues sous le mers*, 1906.

Páginas 502-503, fotograma de *L'éclipse du soleil en pleine lune*, 1907.

Páginas 504-505, fotograma de *Les quatre cents farces du diable*, 1906

Los dibujos de las páginas 252-253 y 388-389 son copyright © 2007 Bryan Selznick, inspirados en la obra de Georges Méliès.

Los libros mencionados en este libro existen:

L'Arrivée d'un train en gare a La Ciotat («La llegada de un tren a la estación de la Ciotat»), 1895, Hermanos Lumière. (En el libro aparece mencionado como *Tren llegando a la estación*.)

Le Voyage dans la lune («El viaje a la luna»), 1902, Georges Méliès.

Escamotage d'une dame chez Robert-Houdin («Escamoteo de una dama»), 1896, Georges Méliès.

Safety Last («El hombre mosca»), 1923, Harold Lloyd.

A Clock Store, 1931, película de dibujos animados de la serie *Silly Symphonies* de Walt Disney.

Paris qui dort («París dormido»), 1924, René Clair (esta es la película en la que el tiempo se detiene, de la que Hugo habla a Isabelle cuando están en los relojes de cristal.)

Le million («El millón»), 1931, René Clair.

ALGUNAS PELÍCULAS DE OTROS DIRECTORES
MENCIONADOS EN ESTE LIBRO:

The Kid («El chico»), 1921, Charles Chaplin.

Sherlock Jr. («El moderno Sherlock Holmes»), 1924, Buster Keaton.

La petite marchande d'allumettes («La pequeña cerillera»), 1928, Jean Renoir.

Y TRES PELICULAS QUE INFLUYERON MUCHO
EN LA CREACIÓN DE ESTA HISTORIA:

Zéro de conduite («Cero en conducta»), 1933, Jean Vigo.

Les Quatre cents coups («Los cuatrocientos golpes»), 1959, François Truffaut.

Sous les toits de Paris («Bajo los tejados de París»), René Clair.

ESTE LIBRO ES UNA NOVELA, Y POR LO TANTO
NO RESPONDE A LA REALIDAD.

Si bien Georges Méliès fue un cineasta real, la personalidad que se le atribuye en este libro es enteramente imaginaria.

Para encontrar más información sobre el Georges Méliès real, la siguiente página de Internet ofrece buenas referencias bibliográficas: http://www.missinglinkclassichorror.co.uk/index.htm (si se teclea «Méliès» en el buscador de esta página, aparecen vínculos con varias páginas que contienen información muy completa sobre su vida.)

Recientemente ha aparecido un libro para niños sobre el nacimiento del cine, en el que hay un capítulo sobre la obra de Georges Méliès. Se titula *Befote Hollywood: From Shadow Play to the Silver Screen*, su autor es Paul Clee y está editado por Clarion Books.

Por último, he de indicar que, si bien Georges Méliès fue una persona real, Hugo e Isabelle son personajes de ficción.